Hans Bergel

Die Wildgans

Hans Bergel

Die Wildgans

*Geschichten
aus Siebenbürgen*

Langen*Müller*

Besuchen Sie uns im Internet unter
www.langen-mueller-verlag.de

Schutzumschlag: Wolfgang Heinzel
Herstellung und Satz: VerlagsService Dr. Helmut Neuberger
& Karl Schaumann GmbH, Heimstetten
Gesetzt aus der 10,75/14,5 GaramondBQ-Regular
Druck und Binden: GGP Media GmbH, Pößneck
Printed in Germany
ISBN 978-3-7844-3255-7

Leben, um davon zu erzählen

Gabriel García Márquez

Inhalt

Siebenbürgische Passion *9*

Die Kanone und der Heilige *43*

Die Wurzel
oder Fürst Bismarck in den Südkarpaten *61*

Die Wildgans *75*

Als ich den Weihnachtsmann
zum ersten Mal sah *91*

Der Major und die Mitternachtsglocke *99*

Die Flucht oder Die Macht der Musik *113*

Der Barackentrottel *139*

Das Venusherz *151*

Siebenbürgische Passion

IM DRITTEN KRIEGSJAHR – erzählte mir mein Freund Bernd Lang, den wir wegen seiner Körpergröße früher alle »Langer« nannten – fragte mich die Bäuerin Tini Moor, ob sie ihr im Sommer über die vorgeschriebene Zeit hinaus zur Seite stehen könne; ohne ihren Mann werde es ihr zu schwer, die Arbeiten in Haus, Hof, Stall und auf dem Feld zu bewältigen. Ich versprach's nicht nur deshalb, weil ihr Ehemann, der sechsundzwanzigjährige Andreas Moor, als Soldat an die Front hatte ziehen müssen und ich Tini und ihn seit frühester Kindheit kannte und mochte, sondern auch weil mir die Arbeit auf dem Bauernhof leicht von der Hand ging und ich den beiden während der Sommermonate schon einige Male geholfen hatte. Beide waren als Waisen aufgewachsen, hatten sich alles allein erarbeitet und keine Verwandten, die ihnen hätten beispringen können.

Ich war vierzehn Jahre alt, kräftiger als die meisten meiner Klassenkameraden am städtischen Gymnasium und wie jeder andere meines Alters in den Sommerferien zu mindestens zwei Wochen Hilfsdienst auf einem der Bauernhöfe verpflichtet, von denen die Männer zum Kriegseinsatz kommandiert worden waren.

9

So stellte ich mich in jenem Jahr 1942 schon am zweiten Tag nach Schulschluss bei der zweiundzwanzigjährigen Tini Moor am Ende der Oberen Neugasse des in der Nähe Schäßburgs in Mittelsiebenbürgen gelegenen Dörfchens zu früher Morgenstunde ein und löste die immer gut gelaunte kraushaarige Bäuerin mit den kleinen, hellen Sommersprossen, die gerade mit dem Säubern des Pferde-, Kuh- und Schweinestalls beschäftigt war, bei der Arbeit ab. Nach dem Frühstück, bei dem wir den Tagesablauf besprochen hatten, spannte ich die fünfjährige braune Stute vor und fuhr auf den Marktplatz, wo ich zwei rumänische Mäher auflud, die sich als Tagelöhner verdingten. Es waren fleißige, stille, nicht mehr junge Männer, die ihre Sensen und Dengelgeräte dabeihatten und stark nach Tabak rochen. Zu dritt schafften wir auf den Wiesen des Rotbachtals in der frischen Juniluft bis gegen Abend eine ordentliche Mahdfläche. Tini hatte uns unterwegs zum Rübenacker das Mittagessen vorbeigebracht, wir hatten im Schatten des Wildapfelbaums am Bachufer einen kurzen Mittagsschlaf gehalten und danach so lange weitergemäht, bis das dichte und hohe Wiesengras feucht zu werden begann und die Sensen klemmten. Bei Sonnenuntergang setzte ich die Männer wieder auf dem Marktplatz vor der Kirche ab. Am Abend, nachdem ich gemeinsam mit Tini die Tiere versorgt und wir gegessen hatten, ging ich mit schmerzenden Muskeln und Gliedern zu Bett.

Nur die erste Woche fiel mir schwer. Ich wohnte auf dem Hof, im kleinen Zimmer neben der Backstube, in der Früh musste ich spätestens fünf Uhr aus den Federn und kam abends nicht vor zehn ins Bett. Tini war jedes Mal schon vor mir auf den Beinen. Wenn ich die Lampe löschte, sah ich auf der gegenüberliegenden Hofseite das Licht in der großen Wohnküche immer noch brennen. Manchmal kam Steffi, ihre Freundin vom Schmidt-Hof auf der anderen Straßenseite, zu einer kurzen Plauderei herüber; die hellblonde Steffi lachte gerne, durch das geöffnete Fenster hörte ich ihre temperamentvolle Stimme.

So ging es die zwei Monate bis zum herbstlichen Schulbeginn. Die letzten Arbeiten waren in den Holzschlägen auf den abschüssigen Waldhängen im Quellgebiet des Rotbachs zu erledigen – das Befördern ins Tal der Eschen- und Fichtenstämme war dabei der härteste Teil. Die Bauern halfen sich gegenseitig – wie überhaupt die nachbarschaftliche Hilfe ohne Aufhebens geleistet wurde.

In den beiden folgenden Jahren war es nicht anders. Ich lernte Planung und Ablauf der Arbeiten, den Umgang mit den Geräten und die Eigenheiten jedes Pferdes und jeder Kuh so gut kennen, dass ich nicht mehr viel fragen musste. Von Woche zu Woche wuchsen außerdem mein Vertrauen und meine Zuneigung zu der Bäuerin. Tini war eine schlanke, dunkelhaarige Frau, deren helles Gesicht

11

trotz der Arbeit in der Hitze der Juli- und Augustsonne niemals richtig braun wurde. Der samtene
Glanz ihrer schattengrünen Augen verwirrte mich
manchmal, wenn sie mich in ihrer offenen, schnellen Art anblickte; einmal begann ich dabei sogar zu
stottern. Trotz der Sorge um den im Osten kämp-
fenden Andreas war sie bei allem, was sie tat, ent-
schieden, unverdrossen, fröhlich. Ob ich ihr bei der
Heuernte volle Gabelpackungen oder später die
Korngarben auf die Fuhre hinauf stemmte und den
schweren Wiesbaum zum Festbinden nachschob
und dabei ihr lachendes, verschwitztes Gesicht mit
den lustigen Kraushaaren in der Stirn über mir sah,
ob sie eine Kuh melkte, ein Pferd striegelte oder uns
ein Wolkenbruch bei der Feldarbeit erwischte, bis
auf die Haut durchnässte und wir nebeneinander
unter einem Baum standen – ihre Nähe eiferte mich
bei allem an, was ich zu tun hatte, ja sie beseelte
mich, je länger ich mit ihr zusammen war.

Zweimal kam Andreas »auf Heimaturlaub«.
Anders als früher, wirkte der aufgeschossene, dunkel-
blonde Mann mit der bedächtigen Sprache abwesend, sogar unzugänglich, als ginge ihn der eigene
Hof nicht mehr viel an. Die Zärtlichkeit, mit der er
seiner Frau den Arm um die Schultern legte und sie
auf die Stirn küsste, die Zwanglosigkeit, mit der sich
Tini an ihn schmiegte, beunruhigten mich, weil mir
Tini verändert und fremd erschien. Ich verspürte
den heftigen Wunsch, Andreas wäre niemals ge-

kommen. Als ich auf den Kragenspiegeln seiner nach Leder und Metall riechenden Uniformjacke neben den SS-Runen die überkreuzten Spaten und Spitzhacke sah und ihn nach der Bedeutung des Zeichens fragte, erhielt ich die kurze Antwort: »Ich diene in einem Pionierbataillon. Wir bauen Pontonbrücken, Panzersperren. Ich gehöre auch zu einem Minensuchtrupp.« Da ich merkte, dass er mehr nicht zu sagen wünschte, schwieg ich. Zugleich aber meinte ich, eine Verletzlichkeit aus den Worten herauszuhören, die mich überraschte. Als er uns nach zehn Tagen verließ, war mir, als sei ein Schatten aus Haus und Hof gewichen. Auch Tini brauchte eine Zeit lang, ehe sie wieder zu ihrer Heiterkeit und Ungezwungenheit fand. Jedes Mal sagte sie erst Tage nach seinem Fortgang: »Andreas ist dir dankbar für die Hilfe, die du mir leistest. Lieber Gott, bewahre ihn mir«, fügte sie leise hinzu und faltete kurz die Hände. Dann schämte ich mich für den Wunsch, Andreas wäre niemals gekommen.

Und eines Tages setzten die Nachrichten von ihm aus – keine der grauen Feldpostkarten traf mehr ein. Die Front rückte aus dem Osten immer näher. Im Rundfunk waren die Namen all der Schlachten zu hören, deren Kunde die Bauern noch schweigsamer machte, als sie ohnehin waren. Auch Tini, die Unentwegte mit den biegsamen Körperbewegungen selbst bei den schwersten Arbeiten, wurde zögernder, stiller.

13

Im August vierundvierzig war es dann so weit. Hals über Kopf verließen die deutschen Truppen Siebenbürgen, erst weiter westwärts, in Ungarn, kam es zu den großen Abwehrschlachten ... Aber das weißt du ebenso gut wie ich, unterbrach sich Bernd Lang – wie aus den Karpatenpässen im Osten und Süden die Sowjetarmeen heran- und über uns hinwegrollten, wie sie sich übers ganze Land verbreiteten, es gab keinen Winkel, in dem sie nicht plötzlich auftauchten. Tini zog Männerkleider an. Ich hatte Angst um sie. Ich ließ sie nicht aus den Augen, entschlossen, mich vor sie zu stellen, sollte es sein müssen. Ich half ihr bis zum Einfahren der Ernte. Dann musste ich zur Schule ... Hast auch du die damaligen Lebensumstände in dieser Mischung aus Erregtheit und Hilflosigkeit erfahren?, fragte Bernd unvermittelt, ich meine vor allem jene eisige Januarnacht im Jahr darauf, die Schläge mit Maschinenpistolen, Karabinerkolben und Stiefeln gegen Tore und Türen. Die Polizeistreifen eine Stunde nach Mitternacht vor den Häusern – mit Namenslisten nach Altersstufen. Die Flüche der Uniformierten. Die aufgeschreckten Stimmen unserer aus den Wohnungen gezerrten und gestoßenen Leute. Die Schreie, die Klagen der zurückbleibenden Kinder und Alten. Aus allen Straßen die Ausgehobenen unter Eskorte zu den Sammelplätzen. Die Befehle der roten Kommissare: »Dawai! Paschli!« Dann der Abtransport der Zehntausenden. Nach Osten. In

14

Güter- und Viehwaggons ... Natürlich weißt du es ebenso gut wie ich, sagte Bernd wieder, natürlich. Ich hatte in der Nacht bei den Großeltern geschlafen. Als ich außer Atem im Elternhaus eintraf, war mein Vater weg. Sie hatten ihn mitgenommen. Unterhalb der Altersgrenze, kam ich mit meinen drei jüngeren Geschwistern und meiner querschnittgelähmten Mutter davon. Ich rannte zum Bahnhof. Ich wollte anstelle meines Vaters mitgehen. Im Gewühl und Geschrei fand ich ihn nicht, die Uniformierten trieben uns mit Schreien und erhobenen Waffen zurück. Wir sahen ihn niemals wieder – den Arzt, der anderen helfen konnte, sich selber aber nicht. Er starb an TBC im Lager Almazanja ... Ich werde die Bilder nicht vergessen, sagte Bernd, nein, niemals ... Nach einer Pause fuhr er fort:

Einer meiner ersten Gedanken nach der Nacht galt Tini Moor. Was ist mit ihr geschehen? Der Gedanke machte mich halb verrückt. Als mein Onkel Will – der älteste der drei Brüder meiner Mutter, ein alleinstehender pensionierter Bankbeamter – bei uns eingetroffen war, fuhr ich sofort hinaus. Haus und Hof in der Oberen Neugasse waren gespenstisch leer. In den Ställen brüllten die Tiere vor Hunger und Durst. Drei Kühe und die Pferde fehlten ebenso wie Schweine und Hühner. Ich fütterte und tränkte die Tiere. Als ich danach die Wohnung betrat, verschlug es mir den Atem. Schränke, Schubladen, Regale waren durchwühlt

15

und geleert, Kleider, Anzüge, die Wäsche verschwunden, Tür und Schublade des Nachtkästchens neben Tinis Bett geöffnet. Auf dem Boden daneben lag das gerahmte Foto Andreas': Das Glas war zersplittert, die auseinanderlaufenden Bruchstellen durchschnitten das Gesicht mit den dichten Brauen und dem geraden Blick. Von den Betten waren Kissen, Decken und Laken weg. Sogar der langstielige Brotschieber, der auf dem Hof neben dem überdachten Backofen seinen Platz hatte, war nicht mehr da ... Mob vom Ortsrand war plündernd über das herrenlose Anwesen hergefallen – über die Gerätschaften, über Hausrat, Kleidung, Schuhwerk und Vieh und hatte die hier bis vor kurzem alles bestimmende Ordnung aufgelöst. Haus, Hof und Scheune blickten mich wie hämische Fratzen an, die kein gebietender Wille mehr in die Schranken wies. Ich fror nicht nur wegen der Januarkälte.

Wie alle jungen Frauen des deutschen Bevölkerungsteils im Dorf war auch Tini Moor verschleppt worden. In den Bauernhäusern der Nachbarschaft, die ich betrat, hockten verstörte Kinder und Großeltern. Ich brachte die eine der beiden Kühe, die ich noch im Stall des Moor-Hofes gefunden hatte, dem Nachbarn zur Linken, die andere dem Nachbarn zur Rechten und verließ das Dorf.

In der Folge musste ich mich um unsere Familie, um meinen Schulabschluss kümmern. Ich arbeitete jede Nacht fünf Stunden in einem Sägewerk, ging tags in den Unterricht und kam nicht dazu, hinauszufahren. Erst über ein halbes Jahr nach der verheerenden Januarnacht – der Krieg war in Europa seit gut einem Monat beendet –, suchte ich das Dorf, das Haus in der Oberen Neugasse wieder auf. Es hatte einen Besitzer gefunden, und es überraschte mich nicht, dass es einer der beiden Mäher war, die ich vor Jahr und Tag zu den Heuwiesen im Rotbachtal mitgenommen hatte, ein sanfter, leiser Mann. Er sagte mir, dass ihm Haus und Hof vom Rathaus zugeteilt worden seien, dass er sich aber mit den Eigentümern, kämen sie je wieder, ins Einvernehmen setzen werde. Im Übrigen, sagte der Mann und schob sich den Hut aus der Stirn, habe der Nachbar, der sechsundsiebzigjährige Johann Schmidt – er sagte »Ioan« –, gestern oder vorgestern oder vor drei Tagen eine Nachricht von seiner Tochter, der Steffi, erhalten, darin sei auch von der ehemaligen Hofherrin, der »gospodina Tini«, die Rede.

Mir schlug das Herz mit einem Mal im Hals. Ohne noch ein Wort zu sagen, lief ich ins Nachbarhaus. Der weißhaarige Alte, der hinten im Hof hauste, weil in den vorderen großen Wohnräumen die neuen, vom Rathaus geschickten Besitzer eingezogen waren, der Alte schüttelte den Kopf, als ich ihn hastig um die Mitteilung über Tini bat; er antwortete auf eine Art, die mich erschreckte. Nein, murmelte er, nein, wo gäbe es in diesen Zeiten Gutes zu berichten? Die Tini, sagte er, »die Tini ist

17

an Fleckfieber gestorben. In einer der Lagerbaracken bei Swjetlowsk. Zusammen mit anderen, ›wolhynisches Fieber‹ sagen sie dort.« Er zeigte mir den kurzen Brief seiner ebenfalls verschleppten Tochter Steffi, die nach dem Ausbruch der Epidemie und den ersten Todesfällen in ein anderes Lager verlegt worden war. Während ich die Zeilen wieder und wieder las, hörte ich den Alten wie in weiter Ferne sagen: »Ja, und vom Andreas weiß seit langem keiner was, keiner. O Gott, auch der Andreas.«

Ich übernachtete beim alten Schmidt mit den gichtknotigen Fingern, half ihm, die Möbel in dem kleinen Zimmer so zurechtzurücken, dass er sich bequemer bewegen konnte, und fuhr am nächsten Tag in die Stadt zurück … Eigenartig, dass sich mir, sooft ich zurückdenke, nicht die großen Ereignisse jener Zeit, auch nicht der endgültige Einschnitt in unser Familienergehen dank der Verschleppung meines Vaters bis heute mit dem Gefühl der Unumkehrbarkeit meines Lebensverlaufs verknüpfen, sondern die zwei dürftigen, mit unsicherer Hand geschriebenen Briefsätze der hellblonden, lebhaften Steffi Schmidt über den Flecktyphustod ihrer fünfundzwanzigjährigen Freundin Tini Moor – ein halbes Jahr nachdem die beiden verschleppt worden waren.

Als ich im Zug nach Schäßburg saß, war ich erschöpft – das Empfinden beherrschte mich, von einer unsichtbaren Hand rücksichtslos ausgehöhlt worden zu sein. Mir war zumute, als sei ich mir selber von einem Augenblick zum anderen fremd geworden, als hätte ich mit dem, der ich soeben noch war, nie etwas gemeinsam gehabt, als stünde ich mir als Fremder gegenüber. Das Bild der sommersprossigen jungen Frau mit den Schatten in den grün leuchtenden, manchmal unerwartet fragend und zugleich auffordernd blickenden Augen, mit den biegsamen Bewegungen bei der Arbeit in Haus und Hof hatte sich mir so stark mit den Bildern der reifen und schönen Sommerlandschaften verbunden, mit dem Anblick der Wälder und Hügel, der Acker- und Kornflächen, der Feldwege und Heckenrosenreihen, dass mich die Gewissheit fast lähmte, es könnte niemals wieder Vergleichbares in meinem Dasein geben. Mir wurde bewusst, dass die Kostbarkeit der hinter mir liegenden Sommer, der Morgen mit den Sonnenauf- und der Abende mit den Sonnenuntergängen über den vertrauten Bergrücken, der nach den Gewittern im Glühen der Augustsonne dampfenden Wiesen, der schweren Erd- und Pflanzenaromen – dass das Glück der Gegenwart Tini Moors in meinem Leben ohne Wiederkehr war. Die schmerzhafte Erkenntnis, alles nur wie in einem Traum erlebt und es nicht in jeder Sekunde mit wachen Sinnen wahrgenommen zu haben, überkam mich mit einer Kraft, dass ich am liebsten hemmungslos geschrien hätte … Auf der kurzen Bahnfahrt bis in die Stadt begriff ich, dass Tini

Moor die erste Liebe meines Lebens gewesen war, ohne dass ich es gewusst hatte …

Es war ein grauer Tag, eine dumpfige Regenstunde, als ich aus dem Zug stieg. Ich hatte mich so weit im Griff, um überlegen zu können, ob ich den Weg nach Hause einschlagen oder zwei, drei Stunden ungeachtet des Regens durch die Umgebung der Stadt streifen sollte.

Die Entscheidung wurde mir erspart. Nach den ersten Schritten aus dem Bahnhofsgebäude hinaus hatte ich das sichere Gefühl, beobachtet zu werden, genauer gesagt, erst hier wurde mir bewusst, dass mir schon seit einer Weile jemand mit den Blicken folgte. Ich blieb stehen. Noch ehe ich mich umblickte, hörte ich hinter mir halblaut meinen Namen aussprechen. Als ich mich rasch umgewendet hatte, stand ich einem Mann in armseliger, fast zerlumpter Kleidung gegenüber. Er war hochgewachsen und trug einen ungepflegten Bart. Unter der bis in die Augen gezogenen, an den Rändern zerfransten Wollmütze fielen mir die starken, dichten Brauen auf. Woher kenne ich das Gesicht?, dachte ich. Es hatte aufgehört zu regnen. Der Mann packte mich am Arm und zog mich einige Schritte beiseite. Noch bevor ich mir das Wasser aus dem Gesicht wischte, hatte ich ihn erkannt. Es war Andreas Moor – er war zehn Minuten vor mir mit einem Zug aus dem Norden eingetroffen.

In den folgenden zwei Stunden, in denen wir nebeneinander zur »Breite« hinaufstiegen – dem

Bergrücken mit den uralten Eichen über den Straßen, Dächern und Türmen der Stadt – und zwischen den Bäumen mit den mächtigen Stämmen und Kronen hin und her wanderten, erfuhr ich Einzelheiten der Flucht aus dem Lager bei Ternopol am Sereth in der Ukraine, wo die Sowjets Tausende von deutschen, italienischen, ungarischen und rumänischen Kriegsgefangenen gesammelt hatten. Andreas war in den Nächten zu Fuß, in einem Transportwaggon für Gleisschotter, zwischen den Mehlsäcken eines LKWs, dann wieder zu Fuß, auf dem Rücken eines herrenlosen Pferdes und wieder zu Fuß südwärts durch die Tallandschaften Podoliens und die Wälder der Bukowina, auf Bergpfaden über die weitgestreckten Höhen der nördlichen Ostkarpaten und durch die Flussengen der Goldenen Bistritz bis nach Siebenbürgen gekommen. Neunundfünfzig Nächte lang. Tagsüber in einem einsamen Schuppen oder im Wald versteckt. Halb verhungert, vom Willen getrieben, nach dem Wahnwitz der letzten Jahre wieder auf den Hof in der Oberen Neugasse der Bauernarbeit nachzugehen, von der er wider Willen weggeholt worden war.

Es hatte von neuem zu regnen begonnen. Andreas' Gesicht war nass vom Regen oder von Tränen wie meins, als er unter einer vom Blitz gespaltenen Eiche meine endlich stockend vorgebrachte Nachricht vom Tod seiner Frau hörte. Wie er die Hand nach mir ausstreckte, brach ich von der Wucht, mit

21

der er gegen mich sackte, fast zusammen. Er griff mit beiden Händen in die Luft und fiel dann gegen den halb verkohlten Baumstamm. »Geh«, sagte er im Rauschen des Regens in den Blättern über uns, »geh, Bernd. Geh, lass mich allein. Geh endlich«, ich ging ein Stück, dann kehrte ich zurück, nannte ihm Straße und Haus, in dem wir wohnten, und sagte: »Du kannst zu jeder Tages- und Nachtzeit kommen. Wenn du im Garten bist – das erste Fenster links, das ist mein Zimmer.« Als ich mich einmal kurz umwendete, lag er zusammengekrümmt an den schwarzen Stamm gepresst, die eine Hand über dem Kopf, die andere vor dem Gesicht. Ich schrie, während ich unter den Eichen auf die Aussichtswarte zuging, die wir »Rudolfshöhe« nannten. Endlich konnte ich schreien. Ich schrie, ohne es zu wollen. Es schrie aus mir. Es waren Schreifetzen. Regenschleier und Nebelgebräu verhinderten den Blick auf die Stadt unter mir. Zitternd vor Kälte und Verzweiflung kam ich zu Hause an, bat meine Mutter und meine Geschwister, mich nicht zu stören, und schloss mich in mein Zimmer ein. Irgendwann wurde es Abend und Nacht. Die Finsternis, die mich umgab, als ich wieder einmal erwachte, tat mir gut, sie beruhigte mich für kurze Zeit. Als ich gegen fünf Uhr morgens das Klopfen am Fenster hörte, war ich seit Minuten hellwach. Andreas stieg durchs Fenster ins Zimmer. Er fror so stark, dass seine Zähne aufeinanderschlugen. Es sah aus, als trüge er einen Totenschädel. Mit fahrigen Griffen entkleidete er sich, kroch, ohne etwas zu sagen, in mein Bett und schlief nach wenigen Sekunden ein.

Es entsprach Andreas' auf Eindeutigkeit angelegter Art, dass er meiner Mutter und mir am dritten Tag für Obdach und Speise dankte und sich verabschiedete. Auf die Frage, was er zu tun gedenke, antwortete er nicht. Er wirkte beherrscht in einer Weise, die jedes weitere Fragen verbot. Unterwäsche, Kleidung und Schuhe, die ich ihm gab, nahm er schweigend entgegen, sagte kurz, dass er mir nichts schuldig bleiben werde, und ging. Ich weiß, dass er seinen Hof nicht mehr aufsuchte, und meine Erkundigungen nach seinem Verbleib in der Folge verliefen ergebnislos. Nach einem Jahr gab ich sie auf. –

Zweieinhalb Jahre später – wir hatten aus unserer Lage als Enteignete und Rechtlose nach menschlichem Vermögen das Beste gemacht, ohne die soeben eingetroffene Nachricht vom Tod meines Vaters verschmerzen zu können – erreichte mich ein Brief mit einem unbekannten Absenderort auf dem Poststempel und einer ebenso unbekannten Absenderanschrift hinter Andreas Moors Namen. Er habe sein geliebtes Siebenbürgen »endgültig und für immer« verlassen, schrieb Andreas; eine Rückkehr in seinen Heimatort sei nicht mehr möglich. Nach vorübergehender Beschäftigung als Gleisarbeiter an der Bahnlinie Kronstadt-Bukarest habe er

dank einer Fügung Gottes eine Stelle auf dem Land-
gut eines angesehenen Künstlers erhalten – eines
Dirigenten, dem der Staat die Besitztümer mit
Rücksicht auf seinen Ruhm jenseits der Landesgren-
zen nicht weggenommen habe. Nach einem länge-
ren Gespräch habe der ihn als Verwalter seiner aus-
gedehnten Ländereien im Tiefland der Großen
Walachei südöstlich der Hauptstadt angestellt. »Ich
habe mir immer einen von euch tüchtigen und ehr-
lichen Deutschen als ›administrator‹ gewünscht«,
habe er gesagt. Er, Andreas, werde die einigermaßen
vernachlässigte Wirtschaft in zwei oder drei Jahren
in Ordnung bringen, schrieb er, denn der Boden
hier sei gut, »trockene Schwarzerde«, und vielleicht
würde ich ihn bei Gelegenheit besuchen, er schulde
mir und meiner Familie einiges. Er fühle sich in der
neuen Umgebung gut aufgehoben, es fehle ihm an
nichts. Er werde schreiben, wenn es so weit sei.

Ich legte den Brief erfreut – und auch überrascht –
aus der Hand. Er hat seinen Frieden mit der Welt
gemacht, dachte ich, bei seiner schwerblütigen,
bedächtigen Art vergleichsweise schnell. Da der
Brief am selben Tag wie die Nachricht vom Tode
meines Vaters eintraf – ein wegen Arbeitsunfähig-
keit krank aus dem Sowjetlager heimgeschickter
Bekannter brachte sie uns –, machte ich mir keine
weiteren Gedanken darüber.

Anfang Mai 1949 traf dann Andreas' angekündigte
Einladung zum Besuch auf dem Gutshof »La trei

nuci«, »Zu den drei Nussbäumen«, ein. Ich hatte nach dem Abitur neben der Arbeit in dem Sägewerk ein Fernstudium an der Bukarester Universität begonnen und musste regelmäßig zu Prüfungen fahren. Andreas' Einladung fiel mit einem Kolloquium zusammen. Ich nutzte die Gelegenheit zum Besuch. Wir hatten uns brieflich über Zeit- und Treffpunkt verständigt; Andreas würde mich aus der Hauptstadt abholen, wo er wegen Großeinkäufen, Abrechnungen oder aus anderen Gründen öfter zu tun hatte. Pünktlich trafen wir uns beim Fliegerdenkmal. Ich erkannte den schwarzen Kleinlaster am Rand des Platzes unter den großen Linden ebenso von weitem wie den mit verschränkten Armen an der Seitenwand des Wagens lehnenden schlanken Mann. Er lächelte, als er mich sah, und kam mir die paar Schritte entgegen, er packte mich an beiden Schultern und sah mir in die Augen. Wir standen lange so voreinander, und ich spürte es mit allen Fasern, dass wir beide in diesen Sekunden an Tini und nichts anderes dachten, ja wir spürten, dass Tini unsere Begegnung beherrschte, ohne dass wir etwas dagegen hätten tun können.

Dann fuhren wir aus der Stadt hinaus, bogen ostwärts ab und hatten mit einem Mal die blinkende Weite der Donausteppe vor uns; bei ihrem Anblick löste sich die leichte Anspannung, in die mich das Wiedersehen versetzt hatte.

Andreas wirkte ruhig wie eh und je, er war auf ungewohnte Weise sportlich und in den Farben sorgfältig aufeinander abgestimmt gekleidet, die hellgrauen Schläfenhaare verstärkten, ohne dass ich gewusst hätte, warum, den Eindruck des Gepflegten, den seine Erscheinung machte. Er sei aus dem Ärgsten heraus, sagte er. Es hätte einiger Mühe bedurft, den Vorarbeitern die Pünktlichkeit in der Ausführung der Planungen, der Haltung und Pflege der Tiere, der genauen Wartung der Geräte als unumgänglich klarzumachen und vor allem für die Tage seiner aus geschäftlichen Gründen erforderlichen Abwesenheit in ihnen das Gefühl der Verantwortung auch in den geringfügigen Dingen zu wecken. Doch nach den Jahren der Schufterei Tag und Nacht hätte nun alles den Lauf des Selbstverständlichen genommen, ohne die ein Grundbesitz von nahezu eintausend Hektar nicht in den Griff zu bekommen sei. Er schwieg, während wir eine Allee von kirchturmhohen Pappeln durchfuhren; Lichter und Schatten glitten über unsere Gesichter. Plötzlich sagte er unvermutet laut: »Allein hätte ich's nicht geschafft.« Der Schatten- und Lichtwechsel, der uns zwischen den Bäumen begleitet hatte, setzte jäh aus, die blühende Steppe lag wie ein glänzend ausgebreiteter riesiger Schleier vor uns. »Nein«, sagte Andreas, »allein taugt der Mensch nichts.« Nach einer Weile zeigte er auf eine entfernt stehende Baumgruppe, zwischen deren Stämmen ich weiße Mauern erkannte, und sagte: »Wir sind bald da.« Als wir von der staubigen Hauptstraße nach rechts

26

auf einen frisch geschotterten Weg abbogen, fügte er hinzu, als hätte er sich nicht unterbrochen: »Sie heißt Ioana. Wir haben vor einem Jahr geheiratet. Vor zwei Monaten wurde sie Mutter. Auf ihren Wunsch erhielt der Junge den Namen Andreas. Sie ist Rumänin. Andere Frauen gibt es hier nicht.« Ich nickte und sagte: »Ich freue mich, deine Frau und deinen Sohn kennenzulernen.« Die Wärme seines Blicks, als er mich kurz von der Seite ansah, berührte mich … Vor vier Jahren lag er halb verhungert und abgefetzt unter dem vom Blitz gespaltenen Baum und krümmte sich wie ein verwundetes Tier, und ich lief von ihm fort, damit er meine Schreie nicht hörte. Er hat es hinter sich, dachte ich.

Ich verbrachte fünf Tage auf dem Gutshof. Zusammen mit Andreas ritten wir die Weizen- und Roggenfelder entlang, auf denen in den nächsten Tagen der Schnitt beginnen sollte. Die Luft flimmerte schon in den Morgenstunden über der fruchtbaren Steppe. Nichts entging Andreas. Beim Anblick der wild in die reife Saat hineinwuchernden Distelflächen schüttelte er den Kopf und rief mir zu: »Das Teufelspack ist nicht auszurotten.« Vor einer vier Meter hohen Königskerze am Rand des Feldwegs brachte er das Pferd zum Stehen. »Sieh dir dies Wunder an«, sagte er. Die von Dutzenden feuergleichen Großblüten umwucherte Stängelpflanze schien uns aus Stolz über ihre Herrlichkeit herausfordernd anzublicken. Und als wir im Trab an den Sonnenblumenplantagen im Süden des Gutsbesitzes vorbeiritten, deren kadmiumgelbe Blütenkränze sich zu Abertausenden dicht an dicht drängten, so weit das Auge reichte, rief mir Andreas zu: »Hier ist alles anders als bei euch nördlich der Karpaten. Die Frucht reift schneller. Der steinlose Boden erleichtert die Arbeit. Die Sonne ist freundlicher.« Sooft wir an Feldarbeitern vorbeikamen, winkten und grüßten sie. Ich sah, dass Andreas beliebt und geachtet war. Ich sah auch, dass er es wusste und dass es ihn erfüllte. Sie nannten ihn, wie ich später hörte, »den guten Menschen aus Siebenbürgen«.

Als er nach dem Ritt im Schatten der gewaltigen Nussbäume vor dem Herrschaftshaus des Gutshofes sein Söhnchen auf die Arme nahm, es im Auf- und Abgehen wiegte und leise zu ihm sprach, erkannte ich an der Behutsamkeit, mit der er es tat und das Kind wieder in die Arme seiner Frau legte, dass er ein glücklicher Mann war. O ja, dachte ich, er hat das rettende Ufer erreicht. »Bei euch nördlich der Karpaten«, hatte er gesagt. Ja, sagte ich mir wieder, er hat die Brücken hinter sich verbrannt.

Die langsam ins Dunkelblau der Nacht eintauchenden warmen Abende am runden Tisch unter dem mittleren der drei Bäume, mit dem roten Cotnar-Wein in den Gläsern und den geschmorten Auberginen in heißem Olivenöl zum gegrillten Lammsteak ließen mich fast vergessen, dass wir hier auf einer Insel der Verschonten inmitten eines Landes der Rechtlosigkeit und Willkür lebten. Erst recht bestärkte mich in diesem Gefühl die Frau, der ich am Tisch gegenübersaß.

Bei unserer Ankunft hatte sie in Erwartung des Ehemannes und des Gastes auf der obersten der drei Treppenstufen zum Haupteingang des mittleren Gebäudes gestanden, zwischen den beiden Rundsäulen, die der überwölbten Doppelflügeltür das Aussehen eines Portals gaben. Auf dem Platz vor dem Haus, dessen Fassade vorkragende Gesimse und Blendarkaden durchbrachen, und auf der wartenden Frau hatte der Schatten der Nussbäume gelegen, deren ineinander gewachsene Kronen als dunkelgrüne Dachtürmung die Hitze des Tages milderten und die Sonnenstrahlen nur in dämmerigen Lichtwellen durchdringen ließen. Andreas hatte den Wagen in der Remise am Ende der Einfahrt abgestellt, wir waren über die Kiesfläche unter den Bäumen auf das Haus und die Frau zugegangen. Als wir uns ihr auf drei Schritte genähert hatten und ich ihr Gesicht erkannte, war ich in kurzem Erschrecken fast stehen geblieben und hatte gezögert, ihre ausgestreckte Hand zu ergreifen. Die Frau, vor der ich stand ... Das kann nicht sein, überlegte ich. Die hellen Sommersprossen auf dem freundlichen Gesicht, die lustigen dunklen Kraushaare, die Bewegung, mit der sie sich mir leicht entgegenneigte. Nur die Augen, schoss es mir durch den Kopf, die Augen sind von anderer Farbe – anstelle der schattengrünen Augen blickte mich ein hellgraues Augenpaar an, o nein, diese Frau kann nicht Tini sein, obwohl ihre Gestalt, ihr Lächeln ... Es war, als träte mir Tinis Zwillingsschwester entgegen. »Mă cheamă Ioana«, »Ich heiße Ioana«, hatte sie in diesem Augenblick mit weicher Stimme gesagt, mich freundlich zu einem Willkommenstrunk ins Haus gebeten und war mir in die kühlen Räume vorausgegangen. Fast verstört war ich ihr gefolgt, ich hatte ihren leichten Schritt und diese federnde Bewegung aus den Hüften vor mir gesehen und nicht gewagt, Andreas anzublicken. Doch während wir ein Glas kaltes Wasser zu köstlicher Rosenblütenkonfitüre tranken, beobachtete ich betroffen, dass es Andreas nicht bewusst war, in Ioana seine Tini wiedergefunden und geheiratet zu haben.

Die folgenden fünf Tage gehören zu den schönsten Erinnerungen meines Lebens. Ich bewegte mich in Tinis Gegenwart und lernte dabei Ioana kennen – eine Frau, die mich Andreas' Erfülltheit und Entfaltung verstehen ließ. Wenn Andreas beim Frühstück am Tisch unter den Nussbaumkronen mit Ioana die Tagesarbeiten besprach, ahnte ich, was er der Frau an seiner Seite verdankte. Sie hatte ihn nicht nur in die ungewohnten Verhältnisse der neuen Umgebung eingeführt und ihm die schriftlichen Arbeiten abgenommen, sie hatte ihn vor allem in seiner Zerrissenheit aufgefangen. Aus allem, was Ioana sagte, sprachen Klarheit, Entschiedenheit und Fröhlichkeit im Anpacken der anstehenden Aufgabe. Dann ritten wir zu zweit durch die morgendlichen Wärmewellen in das ebene Land zu den Feldstücken hinaus, wo die Männer und Frauen bei der Arbeit waren. In keinem Augenblick, auch wenn die Dinge noch so sehr seinem Wunsch und seinen Anweisungen entgegenliefen, verließen ihn Ruhe und Übersicht; es waren Eigenschaften, die ich seit der Kindheit an ihm kannte und die von früh auf mein Vertrauen zu ihm begründet hatten. Doch erschienen sie jetzt erst, da er in großen Verhältnissen zu denken und abzuwägen in der Lage war, in ganzer Reife. Ich wurde bei all dem mit der Weite des Landes, mit den ungewohnten Gerüchen der Kräuter, Gräser und Früchte als einem Lebensgefühl vertraut, das mir, dem Kind der siebenbürgischen Berg- und Waldlandschaften, neu war. Ich weiß heute, dass die innere Wachheit, mit der mir dieses Gefühl bewusst wurde, auch mit der Frau zu tun hatte, in deren von weich schwingenden Vokalen bestimmtem Namen sich mir das Land mit den manchmal geheimnisvoll verschwebenden Konturen der Horizonte ausdrückte.

Nach dem fünften Tag riss ich mich unter Aufbietung meiner ganzen Willenskraft los, weil ich die Gefahr spürte, der ich mich in Ioanas Gegenwart aussetzte. Ich sagte ihr und ihrem Söhnchen, das mit Händen und Füßen strampelnd und rudernd im Dämmerlicht der Nussbaumblätter unter dem

Baldachin seines Körbchens lag, Lebwohl und versprach der Frau, die mir am Abend vorher das Du angeboten hatte, wiederzukommen – entgegen meinem Vorsatz. Noch beim Abschied von Andreas vor dem Bukarester Nordbahnhof meinte ich, ihren Kuss auf beiden Wangen zu fühlen. Ich gebe zu, dass ich das Bild der Frau mit dem Namen Ioana in den folgenden Wochen immer wieder vor mir sah, dass ich es nicht vergessen konnte und dass es die Erinnerung an Andreas verdrängte, sobald ich an die Tage auf dem Gutshof zurückdachte …

Bernd Lang schwieg und blickte zum Fenster in den herbstlichen Garten hinaus, in dem die Blätter der drei Apfelbäume und des Birnbaums in der hinteren Ecke durch die regungslose Luft auf den Rasen fielen. Auch das schmale Blumenbeet vor der Thujahecke mit den dürren Stängeln des Phlox und den drei Azaleen zeigte die Jahreszeit an. Wie abwesend griff Bernd nach der halb geleerten Flasche, schenkte ein und hob kurz das Glas; wir tranken uns schweigend zu. Es war ihm nicht anzusehen, woran er dachte. Doch meinte ich zu erraten, dass er sich den Beginn der Fortsetzung seines Berichts überlegte, der eine neue Richtung unvermeidlich machte. Er erhob sich aus dem braunen Ledersessel, ging an dem hohen und vollen Bücherregal vorbei hinaus und kehrte mit einem Heft wieder, in dem er, immer noch wie abwesend, blätterte, ehe er es schloss, neben sich auf den Tisch legte und mich lange anblickte.

O ja, sagte er aufatmend und nickte, noch einmal, noch ein einziges Mal fuhr ich zum Gutshof »La trei nuci« im Steppenland nördlich der unteren Donau. Zu Ioana und Andreas. Nur noch einmal. Es war im Spätherbst desselben Jahres, und es war der schwerste Weg, den ich je zurücklegte, als ich unter dem kahlen Nussbaumgeäst über den von halb erstarrten, blutrot- und goldflammenden Blättern bedeckten Kiesplatz auf das in besseren Zeiten errichtete herrschaftliche Haus zuschritt – unangemeldet diesmal, denn mir hatte der Mut gefehlt, die beiden den Grund meines Besuchs wissen zu lassen. Vom Osten her strich mir ein Lufthauch über die Steppe entgegen, der dort die eisigen Winter anzeigt …

Doch ich greife vor, unterbrach sich Bernd von neuem, trank das Glas leer und starrte zum Fenster hinaus. Ich hatte das Studium beendet – Forstwirtschaft –, das Staatsexamen abgelegt und die Nachtarbeit im Sägewerk nach den verdammt harten Jahren gekündigt. Mit dem Geld, das ich fortan verdienen würde, konnte ich – wenn auch knapp – meinen jüngeren Geschwistern auf die Beine helfen und der Mutter zur kargen Rente einiges beisteuern. An einem windigen, wenig freundlichen Tag hatte ich dem Direktor des Forstamtes – einem gemütvollen älteren Juden namens Schwartz, der nicht zum Typ des von Staat und Partei propagierten »neuen Menschen« zählte, seiner Fachkenntnisse wegen aber gebraucht wurde – in dessen Dienststelle den

Antrittsbesuch abgestattet. Wir hatten einen von ihm zubereiteten Türkischen Kaffee getrunken und uns in den weichen Ledersesseln auf meinen Arbeitsbeginn für die nächste Woche geeinigt. Nikolaus Schwartz hatte meinen Vater aus der gemeinsamen Studienzeit in Wien gekannt. Er sprach das angenehme wienerische Deutsch, murmelte beim Abschied kopfschüttelnd etwas von »diesem gottlosen Jahrhundert« und machte, die Hand auf dem Türgriff, fast flüsternd die Bemerkung: »Ich bin darüber informiert, dass die letzten Ihrer deportierten Landsleute noch im Laufe dieses, spätestens Anfang nächsten Jahres aus den unaussprechlichen Sowjetlagern nach Hause entlassen werden ... Grüßen Sie Ihre Frau Mutter mit Handkuss.«

Noch während wir bei dem starken Kaffee gesessen hatten, war plötzlich so heftiger Wind aufgekommen, dass Dr. Schwartz den angelehnten Fensterflügel hinter sich hatte schließen müssen. Als ich aus dem Gebäude trat, riss mir ein Windstoß den Trenchcoat fast aus der Hand. Während ich in den Hauseingang zurücktrat, um ihn überzuziehen, taumelte eine Gestalt an mir vorbei. Ich sah noch, wie sie sich mit ausgestrecktem Arm gegen eine Hauswand stützte und das Holzköfferchen auf dem Gehsteig abstellte, das sie in der anderen Hand getragen hatte. Ich war schon in die entgegengesetzte Richtung gegangen, stockte aber nach wenigen Schritten bei dem Gedanken, dass der an die Hauswand gelehnte Mensch ohne Zweifel erschöpft war und vielleicht Hilfe brauchte; es widerstrebte mir, ihn unbeteiligt sich selber zu überlassen. Ich ging die paar Schritte zurück. Die abgesteppte Wattelinhose und -jacke, wie die Sowjets sie einst ins Land gebracht hatten und wie sie damals öfter zu sehen waren, gab mir nicht weiter zu denken. Als ich neben die Gestalt trat, hob sie langsam den Kopf. Unsere Blicke trafen sich. Vor mir stand Tini Moor – ja, Tini Moor. Die Totgesagte, die ein Gerücht – eines der unzähligen Gerüchte jener Jahre über das Schicksal Bekannter und Unbekannter – für tot erklärt, die aber überlebt hatte. Die vor einer halben Stunde nach einer Woche Eisenbahnfahrt aus Swjetlowsk eingetroffene Bäuerin aus der Oberen Neugasse. Die Frau des Andreas Moor. Des Ehegatten der Ioana Moor und Vaters ihres gemeinsamen Söhnchens Andreas. Keines der von Tini mehrfach gesandten Lebenszeichen hatte jemals den Weg in die Heimat gefunden.

Ich träume, dachte ich und fasste sie vorsichtig mit beiden Händen an. Es weht gar kein Wind. Wieso meinte ich soeben noch, dass mich eine Windbö gebeutelt und die vorübergehende Gestalt gegen die Hauswand gedrückt hat? Es ist alles leer und still ringsum, laut- und farblos. Ich träume, dass ich Tini in den Armen halte, dachte ich. Und ich hielt Tini in den Armen, geschüttelt von den immer stärkeren

Windstößen, die uns beide im Griff hatten und nicht freigaben und nicht mehr freigeben werden, dachte ich. Sie ist leicht und wirkt leblos wie eine Stoffpuppe, wie ich sie halte und an mich presse. »Wo ist Andreas?«, hörte ich Tinis Stimme und fühlte ihre Lippen an meinem Ohr, »was weißt du von Andreas?«, sie wiederholte die Frage ohne Unterbrechung, während uns der Wind, der durch die Straße herauf fegte, umzuwerfen drohte, »sag mir, Bernd, was du von Andreas weißt«. Mich überwältigten zugleich tausend Gedanken und keiner. Ich hätte auch nicht schreien mögen wie damals unter den Eichen. Erst eine halbe Stunde später, als Tini in meiner kleinen Wohnung auf der Couch saß und ich zu meiner Schwester um Kleider und Schuhe gerannt war, Tini gebadet und sich umgekleidet hatte, war ich so weit im Besitz meiner Selbstbeherrschung, dass ich, ohne Misstrauen zu erregen, ihr kurz von Andreas' Aufenthalt sagen und sie davon überzeugen konnte, bis zu seiner Ankunft bei meiner Mutter zu wohnen; für eine Reise zu Andreas sei sie noch zu schwach. Da Andreas, sagte ich ihr, auf dem Postweg im entfernten und abgelegenen Gutshof nur schwer erreichbar sei, werde ich schon morgen fahren, ihn zu holen. Kraftlos, wie sie war, willigte sie schließlich ein – wohl auch, wie ich zu beobachten glaubte, in der Absicht, einige Tage Zeit zu gewinnen, um sich für die Wiederbegegnung zu erholen und herzurichten.

Da mich ein guter Geist davon abgehalten hatte, meiner Mutter und meinen Geschwistern von Andreas' Ehe mit Ioana zu erzählen, bestand kein Anlass zur Befürchtung, Tini könnte von unbefugter Seite unterrichtet werden. Denn hierüber hatte ich vom ersten Augenblick an keinen Zweifel: Der Weg aus der Verstrickung, in welche die drei Menschen geworfen worden waren, musste allein ihrer Entscheidung überlassen werden – alles noch so gut gemeinte Dafürhalten und Geschwätz anderer war fehl am Platz und würde das Unheil vergrößern. Was den Außenstehenden zu tun aufgetragen war, konnte nur der Wunsch sein, die drei mögen die Kraft aufbringen, das Unabwendbare ohne weitere gegenseitigen Verletzungen zu meistern; es gab damals viele vergleichbare Wiederbegegnungen.

Bereits in der darauf folgenden Nacht fuhr ich mit dem Schnellzug nach Bukarest. Ein junger Taxifahrer brachte mich auf den Gutshof »Zu den drei Nussbäumen«. Am späteren Nachmittag traf ich dort ein. Andreas war, was ich erwartet hatte, auf den Feldern, Ioana erschien mir schöner denn je zuvor. Der strahlende Blick, mit dem sie mir entgegenkam, die gelassene, heitere Sicherheit, die Herzlichkeit, mit der sie mich begrüßte, den kleinen Andreas an der Hand, versetzte mir einen Stich ins Herz – ich sah sofort, dass sie guter Hoffnung war.

Wenig später ging Andreas über den vom bunten Herbstlaub bedeckten Kiesplatz unter den nackten Baumriesen auf das Haus zu – seine Schritte im Trockenlaub kamen wie ein Rauschen näher, wir hörten sie durch das geöffnete Fenster. Er fragte nicht nach dem Grund meines Kommens, er freute sich, dass ich da war und sagte, zu seiner Frau gewendet, dass ich ihnen den Tag durch meine Gegenwart erst recht zum Festtag mache, denn heute sei Ioanas Geburtstag. Niemals bis dahin war mir das Männliche seiner Art so ausgewogen erschienen. Ich war drauf und dran, den Gutshof zu verlassen, weil mich die Angst beschlich vor dem, was mir aus Freundschaft mit Andreas als Aufgabe zugedacht war. Im sinkenden Abend hatte ich ihn so weit, meinem Wunsch nach einem Spaziergang zu zweit zuzustimmen. Die Beharrlichkeit seines Widerstrebens wühlte mich auf, denn sie erschien mir als eine Ahnung dessen, was ihm bevorstand.

Kurz vor Sonnenuntergang machten wir uns auf. Wir hatten das letzte Licht im Rücken. Über die ganze Breite des östlichen Horizontes vor uns schob sich das Dunkel mit jener abgründigen, ja unheimlichen Schwärze in den Himmel, das nur in den Ebenen zu beobachten ist. Dank der Trockenheit nach den regenlosen Wochen erhalten die Aromen der Steppe zu dieser Jahreszeit einen Hauch von erdiger Strenge, aus dem jede Erinnerung an Fülle und Verschwendung des Frühjahrs und des Sommers getilgt ist.

Wir kehrten erst nach Mitternacht auf den Gutshof zurück. Hinter keinem Fenster brannte das Licht, ich betrat das Gebäude nicht mehr. Ich ging bis zur Hauptstraße. Nach einer guten Stunde nahm mich ein Lastwagen bis in die Hauptstadt mit. Am Abend darauf traf ich zu Hause ein. Während des Gangs durch die mondlose Steppe hatte ich Andreas' Gesicht nicht gesehen. Nur einmal hatte ich einen Laut wie ein unterdrücktes Aufstöhnen gehört. Wir hatten uns ohne Gruß und Handschlag getrennt. Mir war in dem Augenblick die Anmerkung des Dr. Nikolaus Schwartz vom »gottlosen Jahrhundert« durch den Kopf gegangen.

Drei Tage darauf klopfte Andreas Moor gegen Morgen an meine Tür. Vielleicht lag es am Graulicht der Dämmerstunde, dass mir sein Gesicht eingefallen und geisterhaft fremd erschien. Er wollte nur wissen, wo er Tini finde. Ich bat ihn ins Zimmer, sagte ihm, dass ich Tini von seiner Ankunft verständigen, sie hierher bringen und sie beide allein lassen werde, es sei denn, er wünschte meine Anwesenheit – was er mit einem Kopfschütteln ablehnte.

Ich habe niemals erfahren, was sich an dem Tag und in der Nacht danach in meiner Wohnung ereignete, welcher Art die Wiederbegegnung war und was die beiden miteinander sprachen. Ich habe auch nicht danach gefragt. Erst lange nachher erfuhr ich, dass Andreas, als er nach dem Wiedersehen mit seiner Frau Tini Moor auf deren Wunsch gemeinsam mit ihr zum Gutshof »La trei nuci« in die Steppe nördlich der Donau fuhr, wo der Strom von einer unergründlich wechselhaften Breite ist – dass Andreas die Räume der Wohnung im herrschaftlichen Bau leer vorfand; Ioana hatte mit dem Söhnchen Andreas und dem Kind unter ihrem Herzen das Haus mit einigen wenigen Habseligkeiten verlassen – ohne Nachricht darüber, wohin. In dem Brief, den Andreas auf dem Tisch des großen Wohnzimmers fand, waren nur diese Zeilen zu lesen: »Gott hat es gewollt, sei stark, mein Liebster, ich werde deine Söhne so erziehen, dass sie werden wie ihr Vater, suche uns nicht, ich umarme dich.«

Ich weiß auch nicht, ob Andreas Moor danach ein gebrochener Mann war – als er nach Siebenbürgen zurückkehrte und mit Tini gemeinsam noch einige Jahre lebte. Er starb keine vierzig Jahre alt als Heizer in einem Industriewerk in Kronstadt. Seine Arbeitskollegen fanden den grauhaarigen stillen Mann leblos neben den Schalthebeln und -knöpfen der großen Bedienungstafel, von der aus die Gaszufuhr für den Südflügel des Werks geregelt wurde. Sie sagten über ihn, er sei ein zuverlässiger, niemals die Übersicht verlierender und ehrlicher Mann gewesen.

Tini Moor erreichte ein hohes Alter. Von Ioana und ihren Söhnen hörte ich nie wieder etwas. –

Es war spät geworden, als ich Bernd Lang verließ. Wir hatten die zweite Flasche leer getrunken, über dem Garten lag die Dunkelheit, die keinen der Bäume und keine der vom Herbst gezeichneten Stauden mehr erkennen ließ. Beim Abschied hatte Bernd das Heft vom Tisch genommen und mir mit dem Satz in die Manteltasche geschoben: »Hier findest du einige Aufzeichnungen für den Fall, dass du eines Tages die Geschichte des Andreas, der Tini und Ioana Moor aufschreiben willst, ich denke, du solltest es für die Spätergeborenen tun.«

Die Kanone und der Heilige

SIE WAREN IM FALL TUDOR nicht anders vorgegangen als in allen anderen Fällen: Da es keinen Fall Tudor gab, hatten sie aus dem redlichen, einfältigen Mann einen Fall gemacht.

Ich habe die Kunst dieser Leute früh bewundern lernen müssen, das heißt von dem Tag an, da sie auch aus mir einen Fall gemacht hatten – mit einer Folgerichtigkeit des Gedankens, die ich heute noch mit leichtem Schaudern bewundere. Das Bedürfnis aller gedanklichen Vorgänge, sich von der störenden Wirklichkeit, von den Tatsachen zu lösen, um sich im eigenen Raum unbehelligt zu vollenden, ist eine der faszinierendsten Herausforderungen. Erst recht, wenn der Mensch ein Kopfarbeiter ist und dazu neigt, sich von der Theorie gefangen nehmen zu lassen.

Schalom Rott, der alte Jude, hatte mich darauf aufmerksam gemacht, dass ich drauf und dran sei, meinen Peinigern »geradezu begeistert mit Haut und Haaren ins Messer zu laufen«, sofern ich nicht aufhöre, anstatt das Faktische im Auge zu behalten, mich dem »Sog ihrer Logik im faktenlosen Raum« hinzugeben. »Das Vorgehen dieser Leute«, hatte der Alte gesagt, »bedient sich immer der gleichen Handhabe: Sie tüfteln aus dem Bereich des Möglichen

43

einen Ansatzpunkt heraus, den du akzeptierst – mein Gott, wer hat sich denn nicht gelegentlich mit einem Freund zehn Minuten lang an einer Straßenecke unterhalten, woraus sie den Verdacht eines Staatskomplotts ableiten –, dann führen sie dir die Kette ihrer Schlüsse so oft vor, bis dich deren Lückenlosigkeit zuerst überrascht, dich zum Nachdenken bringt und schließlich überzeugt. Sobald sich aber deine Phantasie mit der Sache beschäftigt«, hatte der Alte aufgeregt vor mir gestanden, »drängt sie ihrer Natur gemäß von selbst darauf, die fehlenden Glieder in der Kette zu ersetzen. Und damit nimmst du ihnen ihre Arbeit ab. Und dann? Ja, dann genügt ein wie unbeabsichtigt hingeworfenes Wort des Untersuchungsoffiziers – und schon hast du dir mit der Antwort den Rückweg abgeschnitten und sitzt in der Falle.«

Nun will ich keineswegs behaupten, dass sich der Bauer Tudor Darie dieser Vorgänge bewusst war. Woher! Gerade deshalb aber beobachtete ich mit wachsender Sorge, wie sie ihn schon nach zwei Monaten so weit hatten, dass er an der Entschiedenheit seiner in den ersten Wochen bewahrten und in der Gewissheit seiner Unschuld wurzelnden Ruhe irre zu werden begann.

»Nein, nein, ich habe keine Waffe versteckt«, wiederholte er murmelnd, wenn er grün und blau geschlagen nach mehrstündigem Verhör zu uns in die Zelle torkelte. Er hielt sich den Kopf mit beiden

Händen und bat uns um eine Kanne Wasser. Die Art jedoch, wie er dann auf dem Rand des Eisenbettes hockte, langsam den Kopf schüttelte und immer wieder sagte: »Ich habe keine Waffe versteckt«, zeigte mir von Tag zu Tag deutlicher, dass er den Satz wohl noch einige Male wiederholen würde, doch längst nicht mehr davon überzeugt war, keine Waffe versteckt zu haben.

»Tudor«, sagte ich und setzte mich neben ihn, »Tudor, hör mir genau zu: Natürlich hast du keine versteckte Waffe, und da werden sie dich früher oder später laufen lassen. Verstehst du, was ich sage?« Der Jude Rott stand mit Sándor, einem ungarischen Buchhalter seines Alters, hinten in der Ecke; die beiden flüsterten miteinander und blickten herüber, Sándor presste die Lippen aufeinander. Tudor schüttelte den geschwollenen Kopf und antwortete in seiner ruhigen und bedachten Art: »Nein, o nein, so ganz sicher bin ich mir nicht mehr. Ich meine nicht das mit dem Laufenlassen. Ich meine das mit der versteckten Waffe.« Ich blickte Tudor aufmerksam von der Seite an. »Und wieso das?«, fragte ich. »Ja, weißt du«, antwortete er, »bei uns hatte fast jeder mal eine Schrotflinte, einen Schießprügel oder so … Da haben sie schon Recht, wenn sie mir das vorhalten. Du musst wissen, dass wir dort im Wald leben, mitten in den Bergen. Es gibt Wild. Mal Wölfe, wenn die Winter kalt sind. Mal Rehe oder Hasen. Manchmal flitzt der Fuchs

45

aus dem Hühnerstall. Auch der Bär ...« »Mensch, Tudor«, unterbrach ich ihn erschrocken, »du wirst dich doch nicht wegen einer lausigen Flinte zusammenschlagen lassen!« Tudor winkte müde ab. »Nein, nein«, sagte er, »das ist es nicht. Die Schrotflinten haben wir alle längst abgeliefert – bald nachdem die Deutschen weg waren. Nach dem Krieg. Als das Gesetz erschien. O nein, da hat keiner was zurückbehalten. Die kennen keinen Spaß. Das weiß jeder.« »Na also«, sagte ich erleichtert.

Tudor stöhnte und bat Schalom um eine zweite Kanne Wasser. Er trank sie leer und sagte: »Es ist ab und zu vorgekommen, dass einer seine Knarre dem Nachbarn auslieh – wenn der Fuchs zu wild in den Hühnerställen wirtschaftete und die Fallen nichts nützten. Wenn die ausgehungerten Wölfe im Frühjahr scharf waren auf die Schafe. Auch ich hab mir mal die Flinte vom Nachbarn Breda geholt.« Sándor, der zugehört hatte, machte ein sorgenvolles Gesicht. »Ruh dich jetzt aus«, sagte ich und wusch Tudor mit der nassen Hand das Blut vom Kinn, »nachher reden wir in Ruhe darüber.«

Jetzt haben sie ihn, dachte ich, sie haben den Tudor so weit gebracht, dass er sich allen Ernstes an ihrer Stelle den Kopf darüber zerbricht, ob er auf seinem Hof nicht doch eine Waffe versteckte oder vergaß, die er niemals besessen hatte. Nichts anderes hatten sie erreichen wollen. Er saß hartnäckig grübelnd da und wiederholte ein Dutzend Mal: »Es stimmt«, er nickte vor sich hin, »es stimmt, wenn die im Verhörzimmer sagen: Tudor, in eurer Gegend hatte jeder ein Schießeisen.« Und da sich Tudor in seinen fünfzig Lebensjahren so wie sein Vater und sein Großvater niemals anders verhalten hatte als alle anderen im Dorf »mitten im Wald«, erschien es einleuchtend, dass auch er eins gehabt haben musste. »Nein«, sagte er, als er sich ausgeruht hatte, »die haben Recht: Ich muss nur scharf nachdenken. Irgendwo liegt auch bei mir zwischen all den Geräten ein Schießprügel herum. Ich muss nur scharf nachdenken.« Es waren keine leichten Tage für uns vier. Theorie und Beweisführung hatten Tudor überzeugt. Und da Tudor ein Mann war, der mit einem einmal gefassten Gedanken nicht leichtfertig umging, wurde es mir nach und nach unmöglich, ihn zum Ausscheren aus dem Teufelskreis zu bewegen. Die »oben im Verhörzimmer« waren stärker. Schalom, der Weise, hatte es aufgegeben, sich in meine Gespräche mit Tudor einzumischen; er betrachtete uns nur noch kopfschüttelnd und setzte seinen Spaziergang zwischen Tür und Fenster fort. Fünf Schritte hin, fünf Schritte zurück. Sándor hatte einen roten Kopf und stieß halblaut schauerliche Flüche aus. –

Sie hatten Tudor Darie vor zwei Monaten auf dem Heimweg von seiner Getreidemühle im Tal aufgegriffen und sofort ins Untersuchungsgefängnis des Kreisvorortes Baia Mare in Nordsiebenbürgen

gebracht. Zwar hatte der Chef der Untersuchungs-
abteilung tags darauf die Faust auf den Tisch gehau-
en und geschrien: »Wen, verdammt, schleppt ihr
mir da noch her? Ihr macht es euch zu leicht! Ich
kann nicht jedem Trottel ein brauchbares Geständ-
nis aus der Nase ziehen. Ihr holt mir irgendwen«,
hatte er den Hauptmann von der Abteilung »Verfolgungen und Verhaftungen« angebrüllt, »und ich
kann zusehen, wie ich die Unterlagen für ein Ver-
fahren zusammenkriege.« »Genosse Major«, hatte
sich der Hauptmann verteidigt, »mein Befehl lautet
– gewissermaßen, wenn ich das so sagen kann: Aus
jedem Dorf einen Hund. Nur einen. Dann ziehen
alle anderen die Köpfe ein. In diesen Bergsiedlungen liegen die Höfe so weit auseinander, dass meine
Leute nicht wissen, wo die Dorfgrenzen verlaufen.«
Geflucht hatte der Major Runga mit den verquolle-
nen Bullenaugen also, und das, zugegeben, gerade
im Fall Tudor Darie, der an jenem Abend zufällig
der über die steinigen Stege schimpfenden Streife
geradewegs in die Arme gelaufen war. Aber ihn mit
einem Fußtritt wieder auf die Straße zu befördern
und zu Frau und Kindern nach Hause zu jagen,
nein, das hatte der Major trotzdem nicht getan.

Dafür gab es auch eine Erklärung, und die hatte
der Major zwischen zwei Zügen aus der gelben, stin-
kenden Zigarette dem Hauptmann wütend ins
Gesicht geschleudert: »Was sagen Sie da, Genosse
Hauptmann? Höre ich richtig? Ihn laufen lassen?

Sie sind nicht bei Trost. Die Diktatur des Proletariats macht keinen Fehler! Merken Sie sich das. Er bleibt hier! Und Sie lassen sich zur Begründung schleunigst was einfallen.« Dem Hauptmann, der aus den Ostkarpaten stammte und Verhältnisse wie Gepflogenheiten in den Bergsiedlungen kannte, war dann auch prompt eingefallen, was das Flackern in Rungas Bullenblick erlöschen ließ. »Genosse Major«, hatte er mit schrägem Grinsen gesagt, »nichts leichter als das: Paragraph ›Unerlaubter Waffenbesitz‹. Die waren früher in diesen Gegenden fast alle Jäger oder Wilderer. Kaum einer, der zu Hause nicht einen alten Karabiner oder eine Büchse hatte.« Einige Sekunden lang war es still gewesen im Büro des Majors. Der hatte die halb ausgerauchte Zigarette im vollen Aschenbecher aus Gusseisen langsam zerdrückt und anerkennend gesagt: »Sie sind ein kluges Schwein, Hauptmann.«

Alles Weitere war, wie es weltweit in der Amtssprache heißt, nur noch »Routinearbeit«. Der Bauer Tudor Darie aus Obreni war ungefähr der Fünftausendste, den Rungas erfahrene Untersuchungsoffiziere binnen Jahresfrist zum »Fall« gemacht hatten. Die Mittel, derer sie sich dabei vor allem bedienten, waren an Tudors Kopf und Rücken, an seinen Nierenpartien und Schienbeinen abzulesen.

Dass sie den alten Schalom, den Vollbartjuden mit den sogar im Schlaf misstrauisch zwinkernden faltigen Augenlidern, den sie wegen staatsbetrügeri-

49

schen Handels mit Schuhbändern und alten Krawatten festgenommen hatten, auf dem Höhepunkt der verhängnisvollen Entwicklung aus der Zelle holten, um ihn in eine andere zu verlegen, bedauerte ich einerseits. Schaloms knochennüchterne Bemerkungen hätten mir bei den Bemühungen um Tudor helfen können. Andererseits sagte ich mir, dass Tudors Leidensweg dadurch erst recht verlängert worden wäre. Denn ich weiß nicht, wie der Bergbauer jene Monate überstanden hätte, wäre er nicht nur Gegenstand, sondern auch Beobachter seines Kalvariums gewesen. Am Ergebnis änderte das nichts. Sándor hatte, wie immer, einen roten Kopf und fluchte leise.

Tudor stand zu jenem Zeitpunkt vor dem letzten Abschnitt dieses Wegs. Schon drei Tage nach Schaloms Verlegung kehrte er vom Verhör in einem Zustand in die Zelle zurück, der mich verblüffte. Er hielt den Kopf nicht wie bisher zwischen die Hände gepresst. Er torkelte auch nicht. Weder aus Nase noch Mund rann ihm Blut. Nein, er trat aufrecht herein, atmete tief auf, als sich die Tür hinter ihm geschlossen hatte, und sah uns mit klarem Blick an. Noch einmal tief aufatmend, setzte er sich auf den Bettrand, lächelte mich an und sagte ruhig: »Morgen fahren wir.« »Fahren wir?«, fragte ich, »wohin?« Tudor nickte, fast heiter sagte er: »Gar kein so übler Kerl, der junge Herr Leutnant. Heute hat er mir eine Zigarette gegeben. Er hat die Mappe zum ersten Mal geschlossen, ohne sie vorher zornig auf den Tisch zu schlagen … Morgen also.« »Hör, Tudor, wohin fährst du? Und mit wem?« »Nach Obreni«, sagte Tudor, »das heißt, ein Stückchen weiter. Bis unter den Waldrand über der Steinwiese. Zu den Felsen links vom Wasserfall. Gut, dass es mir eingefallen ist. O ja, dorthin muss ich den Herrn Leutnant bringen. Gut, dass es mir eingefallen ist«, wiederholte er. Sándor schüttelte fluchend den Kopf.

Ich hatte nicht mehr den Mut, weitere Fragen zu stellen. Von jetzt an war es für mich gefährlich, mit Tudor Darie offen zu sprechen und ihm die Strategie seiner Gegenwehr zu erläutern.

Am Morgen darauf holte ein Unteroffizier Tudor kurz vor Tagesanbruch aus der Zelle. Ich kletterte auf die in die Wand eingelassene Betonplatte und sah durchs Gitter des fast unter der Decke angebrachten kleinen Fensters auf den Hof hinunter. Neben den zwei Tannen stand ein Geländewagen. Tudor erschien zwischen zwei uniformierten Begleitern, zwei Offizieren. Sie bestiegen den Wagen, während sich im Morgengrauen das Tor öffnete.

Wenige Minuten später wurde ich in eine andere Zelle und bald darauf auch in ein anderes Gefängnis gebracht, ohne Tudor Darie noch einmal gesehen zu haben; Sándor blieb allein in der Zelle zurück.

Doch ein Jahr danach traf ich Tudor wieder, in einem im Süden des Landes gelegenen Straflager für politische Häftlinge. Tudor trug die gestreifte Klei-

51

dung, die wir alle trugen. Wir erkannten uns sofort. Er hatte mich zuerst gesehen und begrüßte mich in seiner bedächtigen Art. Nachdem wir uns umarmt hatten, zog er ein Bündel Zigaretten aus der Blusentasche, wir hockten uns in der warmen Nachmittagssonne vor die Bretterwand einer der Baracken. Schon nach wenigen Sätzen fragte ich ihn, wohin der dunkelgrüne Geländewagen ihn vor einem Jahr gebracht hatte, »damals«, sagte ich, »als sie dich vor Tag aus der Zelle Nummer sieben holten, du erinnerst dich?«

»Mein Lieber«, sagte Tudor und blickte mir lange in die Augen, »die wissen alles, sag ich dir. Alles. Auch das, was einer längst ausgeschwitzt hat, oho!«, sagte er, »sie helfen deinem Gedächtnis auf die Beine wie nichts. Die zeigen dir, wo's langgeht.« Er nickte. »Und?«, fragte ich noch einmal, »wo haben sie dich hingebracht?«

»Also, da war ja die Sache mit der Waffe«, sagte Tudor, »das ist so eine Geschichte, ich weiß gar nicht, wie ich dir die erzählen soll. Also, da sind nämlich im Herbst vierundvierzig die Deutschen mit ihren Autos und Kanonen wieder weg. Geradewegs von Stalingrad sind die weg und durch unser Land. Na ja, und da sind einige auch durch unser Tal gekommen. Vielleicht hatten die sich verirrt. Auf der Straße, die sie selber vorher so schön ausgebaut hatten, mein Lieber. Das darfst du mir glauben. Davon haben die was verstanden. Und da ist dann einer von ihren Panzern vor meinem Hof stehen geblieben. Ich hab dagestanden und mir das angesehen. Die jungen Burschen hab ich mir angesehen, die oben aus dem Loch kletterten. Gelacht, geflucht haben sie in ihrer Sprache und sind auf den zweiten Panzer drauf geklettert. Mit dem sind sie weiter.« Tudor spuckte zwischen den Knien hindurch auf die staubige Erde. »Sie haben mir gewinkt, die jungen Kerle, und mich mit dem Panzer allein gelassen. Ich dachte, ich seh nicht richtig. Fidele, hübsche Bengel waren das. Du darfst es mir glauben. Und da ist dann wohl einem die Pistole gefallen, ohne dass er's merkte. Bis ich die gesehen hab, waren die längst fort. Auf den Steinen in der Sonne gelegen hat sie und gefunkelt. Eine Handbreit neben dem Panzer. Den haben die einfach so stehen lassen … Na ja, der Krieg war ja bald zu Ende. Das haben die in den zwei Panzern gewusst.«

Tudor spuckte den Zigarettenstummel auf die Erde und zerrieb Spucke und Stummel andächtig mit dem Schuhabsatz. Er wischte sich die Lippen mit dem Handrücken, ließ sich aus der Hocke auf die warme Erde niedergleiten und verschränkte die Arme vor den Knien.

»Aber das unheimliche Panzerding, mein Lieber«, sagte er kopfschüttelnd, »das hat jetzt da gestanden. Einen Tag und eine Nacht. Vor meinem Haus und Hof. Die Hunde haben daran geschnuppert und das Bein gehoben. Für den Eisenberg war der Krieg vorbei, kann ich dir sagen. In der Nacht bin ich aus dem Bett und hab ihn mir angesehen, wie er so im Mondlicht gestanden hat, ohne sich zu bewegen, und mit der Kanone im Himmel herumstocherte. Angerührt hab ich das Ding nicht, auch die Pistole daneben nicht, mein Lieber. Die schon gar nicht!«

Tudor spuckte wieder aus und fuhr fort: »Bis der Ion gekommen ist, mein Jüngster. Der ist Mechaniker. Wie er das Ding gesehen hat, so vor unserem Haus stehen, ›Vater!‹, hat er geschrien und ist hineingeklettert. Hinein und heraus, und immer ›Vater!‹ hat er geschrien. ›Gib die sofort her‹, hab ich gesagt, als er mit der Pistole in den Händen vor mir stand. Ich hab sie über die Straße den Hang hinunter in den Bach geworfen – zwischen die Steine, in das schnelle Wasser. Dem Ion hat's nichts ausgemacht, der hatte es mit dem Panzer. Er ist ins Haus gerannt. Er hat die vollen Kanister geholt, mit Benzin oder mit Öl, was weiß ich. Das ganze Zeug hat er in den Panzer geleert. Und plötzlich hat der Eisenberg gedonnert! ›Vater‹, hat der Ion aus dem Loch geschrien, ›der Motor ist in Ordnung. Die Deutschen hatten bloß keinen Sprit mehr. Vater, das sind ein paar Hundert Pferdestärken, mit dem Motor können wir die Mühle antreiben. Den hol ich raus!‹ Na ja, was sollte ich dazu sagen. Der Ion ist ein heller Kopf, der versteht was davon. ›Gut, aber nicht hier vor dem Haus‹, hab ich gesagt, ›ich will in der Nacht schlafen.‹ Der Junge hat verstanden. Wir sind beide in den Panzer geklettert, die Hölle war da drin los, bis wir oben unter den Felsen angekommen sind und dann über die Steinwiese hinauf zwischen den Buchen ins Unterholz hinein. Eine Woche lang hat Ion gearbeitet, ist zur Mühle hinunter- und zum Panzer hinaufgelaufen … Seit fünfzehn Jahren läuft der Motor jetzt. Die Mühle gehört nicht mehr mir. Die gehört jetzt dem Staat oder der Partei oder was weiß ich wem. Alles gehört denen, das weißt du ja. Und nicht nur in Obreni, auch oben in Merdal gilt die Mühle als die beste weit und breit. Alle kommen sie und lassen hier mahlen. Vor allem die aus Merdal mit dem guten Boden. Auch eine Auszeichnung hat die Mühle mit dem deutschen Panzermotor bekommen. Von der Partei. Einer aus Baia Mare hat eine Rede gehalten – auf die beste Mühle der Genossenschaft, hat er gesagt … So ein Motor ist das, mein Lieber.«

Tudor schwieg und reichte mir eine zweite Zigarette. Er rauchte und schwieg. »Na und?«, fragte ich schließlich, »die Pistole? … So erzähl doch endlich. Wie hast du die Pistole wiedergefunden? Die Waffe? Die wollten ja die Waffe von dir haben. Ich meine die versteckte Waffe.« »Was heißt gefunden?«, sagte Tudor, »das war alles. Was soll ich dir noch erzählen? Die Pistole? Wieso fragst du nach der? Warum soll ich die Pistole gefunden haben?« »Mensch, Tudor«, sagte ich ungeduldig, »bist du bekloppt!« Tudor schaukelte sich aus dem Oberkörper hin und her. »Ach so«, sagte er, »ich verstehe – der Panzer hat dort oben gestanden; im Wald. Da geht keiner hin. Ich musste nicht lange suchen. Der hat immer noch dort gestanden, wo Ion ihn hingefahren hatte. Zugewachsen zwar von allen Seiten, und die Kanone hat zwischen den schönen Buchenstämmen herumgestochert.« Tudor saugte seelenruhig an der Zigarette, blies den Rauch mit heftigem Schnaufen in die Luft und blickte ihm nach. »Ja«, sagte er, »so war das mit der Waffe, als sie mich aus der Zelle geholt hatten.«

Ich dachte erschrocken: Beim Tudor stimmt's im Kopf nicht mehr, die haben ihn fertig gemacht. »Tudor«, sagte ich nach einigen Minuten, »du willst mir nicht alles sagen … Ich möchte ja nur wissen, wohin sie dich damals gebracht haben. Mit dem Geländewagen. Ob du ihnen die Pistole gezeigt hast. Sie wollten doch eine Waffe. Außerdem, wie viel haben sie dir beim Prozess aufgebrummt?« Tudor warf mir einen kurzen Blick zu. »Sieben Jahre habe ich gekriegt.« »Ja, aber wofür? Wofür? Hast du die Pistole im Bach gefunden?« Ich war wütend geworden. Ich warf die Zigarette im Bogen fort und fuhr Tudor an: »Mann, wofür haben dir die Richter sieben Jahre gegeben? War denn die Pistole nach den vielen Jahren überhaupt noch im Bach?«

»Jetzt hör mir endlich genau zu«, antwortete Tudor ruhig, »ich hab den Herrn Leutnant mit den Sommersprossen und den anderen zum Panzer

56

geführt. Verstehst du das? Lass mich doch mit deiner blöden Pistole in Ruhe! Ich hab ihnen den Panzer gezeigt, über den der Wald gewachsen war. ›Hier‹, hab ich zum Leutnant gesagt, ›hier hab ich die Waffe versteckt. Dies ist sie.‹ Mein Lieber, haben die beiden die Augen aufgerissen!« Tudor pfiff einen langen Ton. »Der Herr Leutnant«, fuhr er dann fort, »hat sich an seinem Ledergürtel festgehalten und an einen Baumstamm gelehnt, der andere ist aus dem Wald gerannt. Dann hat der Leutnant geschrien: ›Du heilige Kacke! Das zerreißt mir die Eier! Fick doch das Abendmahl deiner Mutter!‹ Und dann hat er geschrien: ›Na also, Darie – das hättest du uns gleich sagen können … Mann, was haben wir da aus dir herausgeprügelt – einen Panzer! …‹ Drei Tage später haben sie mich zum Gericht geführt. Wo warst du übrigens? Die Zelle war leer, als sie mich vom Prozess zurückbrachten, du warst nicht mehr da. Auch der Sándor war weg.«

»Gib mir schnell noch eine Zigarette«, sagte ich, »sonst geschieht was.« Während ich, am Ende meiner Beherrschung, die Zigarette an seiner ansteckte, sagte er: »Der gute Motor, jedes Mal, wenn der Bach kaum Wasser führt, lassen wir ihn an. Die beste Mühle der Genossenschaft, hat der von der Partei damals gesagt.« Ich hatte mich wieder im Griff. Ich sagte in sanftem Ton: »Tudor, Teurer, denk mal scharf nach und sag mir, bitte, ob du damals die Pistole gefunden hast. Du wirst mir doch nicht weismachen wollen, dass du die sieben Jahre für den verrosteten Panzer gekriegt hast.« »Natürlich nicht für den Panzer«, erwiderte Tudor kopfschüttelnd, »bist du aber schwer von Begriff. Ein Panzer ist doch keine Waffe! Das ist ein Fahrzeug. Wegen der Kanone auf dem Panzer haben sie mich eingesperrt – ›unerlaubter Waffenbesitz‹. Willst du das endlich verstehen? Ich hatte die Kanone versteckt. Stimmt doch, oder? Die Kanone, Mann, die Kanone! Wirst du endlich begreifen, dass die Kanone eine Waffe ist? Und dass die oben im Verhörzimmer Recht hatten?« Ich starrte Tudor an. Hatte er nicht einen Lichtschein um den Kopf? Mir erschien Tudor jedenfalls in diesem Augenblick als einer jener Heiligen, die bereit sind, alle Niedertracht der Welt auf sich zu nehmen und sich für sie verantwortlich zu fühlen. –

Ein Jahr nach unserer Wiederbegegnung wurde Tudor Darie begnadigt. Ich hatte noch zwei Jahre bis zum nächsten allgemeinen Begnadigungsakt zu sitzen. In dieser Zeit traf ich auch den Juden Schalom Rott wieder. Wegen seines Alters hatten sie ihn in die Kanzlei des großen Zwangsarbeitslagers gesteckt. Ich erzählte ihm Tudors unglaubliche Geschichte. Er hörte gelassen zu und sagte: »Der Tudor weiß wenigstens, warum er gesessen hat. Eine Panzerkanone ist doch was. Wie? So genau wie der Tudor scheinst du das in deinem Fall nicht zu wissen.« O ja, der Alte hatte Recht, so genau wie Tudor

58

wusste ich's nicht. Schalom in seinem Fall übrigens auch nicht, wir waren ja auch keine Heiligen. Den Ungarn Sándor, den Buchhalter, der in seiner Muttersprache gelegentlich leise und fürchterlich vor sich hin fluchte, habe ich niemals wiedergesehen.

Ich habe Tudor Jahre später in Obreni besucht. Er war zum Leiter der Genossenschaftsmühle ernannt worden. Er führte mich aus seinem Haus ins Tal und zeigte mir die kleine Mühle und den Motor. Der blubberte ruhig und gleichmäßig. Als wir am Abend unter dem Nussbaum im Hof zu Speck und Zwiebeln Pflaumenschnaps tranken, fragte mich Tudor: »Sag mal, warum hast du eigentlich so lange gesessen? Du hast mir das niemals gesagt.« Ich kippte den Schnaps hinunter und sagte: »Wegen verbrecherischer Unterwühlung der Gesellschaftsordnung.« »Soso«, brummte Tudor, »das ist wohl so was Neumodisches. Das verstehe ich nicht.« »Ich auch nicht«, sagte ich. Er schob mir das Brett aus hellem Ebenholz mit dem Brot und Speck über den Tisch zu und legte das große, breitschneidige Messer daneben.

Die Wurzel

oder

Fürst Bismarck in den Südkarpaten

MEIN GROSSVATER SCHENKTE MIR zum zehnten Geburtstag ein Taschenmesser, dessen Gediegenheit sich dem ersten Blick zu erkennen gab. Es hatte eine große und eine kleine Klinge, am einen Ende einen Korkenzieher, am anderen einen Dosenöffner und war beidseitig mit je einem kräftigen Belag aus Hirschhorn ausgestattet, dessen Riffeln das Gefühl der Griffigkeit in der Handfläche erhöhten. Auf den leuchtenden Klingen las ich in winzig kleinen Buchstaben eingraviert den Namen »Solingen«, und von der einen Hirschhornplatte blickte mir eine aufrecht stehende geschnitzte Männergestalt mit Schlapphut und bequemem Gehrock entgegen, wie man ihn heute nicht mehr trägt; ebenso wie das Funkeln der Stahlklingen beeindruckten mich Gelassenheit und Selbstsicherheit, die von der Gestalt ausstrahlten. Diese gab dem Messer den Namen. »Es ist ein Bismarck-Taschenmesser«, sagte Großvater, als er das edle Stück vor mich auf den Geburtstagstisch legte und noch einiges hinzufügte.

So prägten sich mir früh zwei Namen als Garanten deutscher Wertarbeit ein: Solingen, die Stadt im Bergischen Land mit den weltweit gerühmten Schneidwaren aus poliertem Chromstahl, und Fürst

61

Otto von Bismarck, der Gründer des zweiten deutschen Kaiserreichs, wie Großvater mich belehrte.

Meine Freunde beneideten mich um das Messer, das ich ihnen schon tags darauf zeigte. Nicht weniger als ich bewunderten sie sowohl das Aufblitzen der Klingen, sobald ich diese mit kaum hörbarem Schnapplaut aus der Vertiefung springen ließ, als auch den unerschütterlich stehenden Mann, der trotz seiner nur fingerhohen Gestalt etwas Gebieterisches an sich hatte; sie glaubten mir bei seinem Anblick aufs Wort, dass er der Schöpfer eines Kaiserreichs war.

Das Messer begleitete mich durch die Jahre der Kindheit – Tag und Nacht. Tags in der rechten Tasche einer meiner Hosen, unter denen ich während des Sommers die kurze weiche Lederhose vorzog, während des Winters die Schihose, die ich sofort nach Erledigung der Schulaufgaben anzog, um zum Schilaufen in den Neustädter-Graben zu gehen. Nachts lag das Messer, ob im Sommer oder im Winter, unter dem Kopfkissen meines Bettes. So gab es, darf ich sagen, in jenen Jahren keine Stunde, in der ich mich von den Chromstahlklingen und dem Reichsgründer trennte. Sie begleiteten mich bei den Streifzügen mit den Freunden durch die nahen Karpatenwälder, die auf der einen Ortsseite gleich hinter den Bauernhöfen begannen, und auf die über meinem Heimatort Rosenau aufragende Burg, bei den Ausflügen ins Butschetsch- und Königsteingebirge, zur großen Flintschhöhle und in die Felsenenge

62

der Ödwegklamm. Ich schnitt mit dem Messer Brot und Wurst oder einen Haselzweig zum Speckbraten über dem offenen Feuer. Es genoss umso mehr Ansehen und Zuneigung aller Freunde, als ich es gelegentlich jedem auslieh, der sich – freilich nur in meiner Gegenwart – im Frühjahr eine Weidenrute schneiden wollte, um daraus eine Flöte zu machen – ein »Flurchen«, wie wir sagten – oder mit der großen Klinge eine der dicken Kröten aufzuspießen, die sich am Ufer des Weidenbachs in einer der Sumpfwiesen sonnten; die Kröteninnereien hafteten danach so klebrig an der Gestalt des Fürsten Bismarck, dass außer dem breitkrempigen Schlapphut vom Reichsgründer nichts mehr zu sehen war.

Einmal, erinnere ich mich, vergaß ich das Messer vor dem Schlafengehen in der Hosentasche. Es wurde mir bewusst, als ich, schon im Bett, die Eltern im Nebenzimmer in einer Weise lachen hörte, die mir verdächtig erschien. Neugierig und zugleich misstrauisch lief ich zu ihnen hinüber.

Die beiden standen nebeneinander vor dem Tisch in der Zimmermitte. Sie hatten mein Kommen nicht gehört, Vater hatte sich vor Lachen zur Seite gebeugt, und Mutter hielt eine meiner Hosen in der Hand, um sie in den neben ihr stehenden runden Wäschekorb zu werfen – soeben hatte sie die Taschen geleert. Und da lag nun das Ergebnis der Leerung als Grund ihrer taktlosen Heiterkeit: Im Häuflein auf dem Tisch vor ihnen war eine

63

angeknabberte Brotkruste neben drei rostigen Nägeln zu erkennen, ein halber Jonathanapfel neben einer Hand voll haselnussgroßer Steine und der dazugehörenden hölzernen Stockschleuder, deren jeder der Freunde eine besaß, um auf Spatzen oder streunende Hunde zu schießen, und neben einem schlaffen Tennisball blickten die Enden einiger Kupferdrähte hervor. Als Krönung der Sammlung aber erschien den beiden eine tote Feldmaus – Vater zeigte auf sie und lachte mit Tränen: Das Mausschwänzchen kringelte sich über dem Gesicht des danebenliegenden Fürsten und Reichsgründers und nahm diesem alles Gebieterische. Der »Eiserne Kanzler«, wie der berühmte Mann auch genannt wurde, sah aus, als trüge er eine Augenbinde, er wirkte hilflos und bedauernswert. Sicher, all das, was sich den lachenden Eltern auf der Tischplatte zeigte, war keine Großartigkeit und hatte nichts vom Glanz und der Glorie eines Kaiserreichs. Aber es war *mein* Reich, und so beleidigte mich ihre Heiterkeit zutiefst. Mit zornigem Griff nahm ich das Taschenmesser und verließ ohne ein Wort das Zimmer. Künftig, nahm ich mir vor, werde ich das Messer abends nie wieder in der Hosentasche vergessen. Über alles andere dürfen sie lachen, dachte ich, aber nicht über den Inhalt meiner Hosentaschen – das ist mein Leben! Was verstehen sie schon davon?

Im weiträumigen Obstgarten meines Elternhauses stand gleich rechts vom Eingang der größte der

Apfelbäume – ein Gravensteiner, dessen Äpfel allen in der Familie besonders gut schmeckten. Die Früchte mit der gelben, sonnenseits geflammten Schale waren ihres erfrischend süßsäuerlichen Aromas wegen bei uns Kindern, den Eltern, Großeltern und Tanten gleichermaßen beliebt. Der alte Baum hieß in der Familie »der Philosoph«. Auf den beiden Bänken darunter versammelten sich an warmen Sommernachmittagen und -abenden alle zu einer Mußestunde, zu Gesprächen, Mitteilungen, Beratungen. Mir hatte es »der Philosoph« aus einem anderen Grund angetan: Seine kräftigen Äste erlaubten es mir, fast bis in die Kronenspitze hinaufzuklettern. Mit der kleinen Schneide des Bismarck-Messers hatte ich in die Rinde des oben nur noch armdicken Stammes die Anfangsbuchstaben meines Namens geschnitten – ein großes H und B. Keinem Menschen sagte ich ein Wort davon, es war ein Geheimnis, das meine Verbundenheit mit dem »Philosophen« vertiefte und festigte. Ich saß oft in der Krone hoch über dem Gartenrasen. Ich sah die blaue Masse des Butschetsch-Massivs und auf der anderen Seite das Grau der verwitterten Burgmauern so nahe wie von keinem andern Platz des Elternhauses. Jedes Mal, wenn ich in die Krone hinaufgeklettert war, stellte ich fest, dass die Vernarbung der Wunde, die ich der Rinde zugefügt hatte, ein Stück weiter fortgeschritten und das helle Holz darunter einen Ton dunkler geworden war – bis die Initialen meines Namens eines Tages zu dem Baum gehörten wie die Äste und Blätter. Ich verbrachte viele Stunden oben in der Krone des Gravensteiners und tauschte viele Gedanken mit ihm aus.

Darüber vergingen die Jahre. Es waren die glücklichen Jahre mit dem Bismarck-Messer aus Solingen in den alten und neuen Hosentaschen neben all den ungezählten Dingen, die mir in die Knabenhände fielen und des Aufbewahrens wert erschienen. Sie wechselten einander ab wie die Tage und Wochen des Jahres. Allein das Doppelklingenmesser erhielt sich als unveränderlicher Wert der Tascheninhalte. Ich trug es bei mir – bis Großvater starb und ich zur Großmutter und zur Beerdigung fuhr.

Der Anblick des aufgebahrten Mannes, an dem ich sehr gehangen hatte, erschütterte mich. In den vielen Flüchtigkeiten des Lebens war er mir zum Inbegriff der Beständigkeit geworden, sein Tod festigte meine Erkenntnis von ihrer Notwendigkeit auf eine eindringliche und unmittelbare Weise. Wie früher, sobald ich einen Kummer hatte, ging ich auch jetzt in den Garten zum »Philosophen«. Ich umarmte seinen Stamm, ohne die Tränen zurückhalten zu können. Und erst Tage nach dem Begräbnis bemerkte ich das Fehlen des Taschenmessers. Kein Suchen half. Auch nicht in der großelterlichen Wohnung und im Garten des einstigen Vaterhauses, wo ich jeden Fußbreit im Umkreis des Gravensteiners durchforschte. Auf eine unerklärliche Weise war und blieb das Bismarck-Taschenmesser verschwunden. Es dauerte eine Weile, ehe ich mich mit dem Gedanken abgefunden hatte, das schönste Geschenk meiner Kindheit habe mit dem Tod dessen, von dem ich es empfing, die Verbindlichkeit der Bleibe in meinem Besitz verloren, so wie eine Abmachung mit dem Tod des einen Partners aufhören kann zu bestehen. Ich tröstete mich, indem ich mir sagte, dass Großvater den Verlust nicht hatte erfahren müssen.

Danach verschlug mich das Leben auf Wege, die zu gehen ich mir niemals gewünscht hatte, wie uns alle, die wir einst dort nahe den Karpaten lebten. Es fügte mir Schrammen und Wunden zu, von denen manche verheilten, andere nicht. Es stellte mich zehn Mal auf den Kopf und wieder auf die Beine, nahm mir alles, was ich einst besaß – wie uns allen –, ließ mich verzweifeln und wieder hoffen, riss mir die Wurzeln aus der Erde, in die ich eingepflanzt worden war – und erst nach Jahrzehnten führte es mich in den Ort, in die Straße, in das Haus zurück, in dem ich das Licht der Welt erblickt hatte.

Als Fremder stand ich unter dem Torbogen mit dem steinernen Wappen in dessen Scheitelpunkt und bat die Fremden, vor die ich trat, um kurzen Einlass. Als flüchtiger Gast nur, sagte ich, im Anwesen der Väter und Großväter, in dem ich aufgewachsen und in dem mir jeder Winkel vertraut war. Es waren freundliche, wenn auch verunsicherte, zurückhaltende Menschen. Sie wohnten nicht in dem Haus, sagten sie, nein, die vielen Zimmer seien die Büros eines Unternehmens, »Direktion und Verwaltung einer weiter hinten stehenden Fabrik«, sagte einer, »wo früher angeblich ein Garten war«, gerade eben werde wieder an deren Erweiterung gearbeitet – gleich beim Eingang, wo noch einiger Platz geblieben sei, wo bis vor kurzem ein Baum stand, fügte er hinzu.

Lieber Gott, hilf mir, dachte ich. Über die vielen Jahrzehnte hinweg trug das Haus, wie ich längst gesehen hatte, immer noch den Anstrich aus den Tagen meiner Kindheit. Türen und Fenster waren dieselben wie einst, doch ihr Holz rissig, von Staub- und Schmutzschichten überdeckt, die zu entfernen in all der Zeit sich niemand die Mühe gemacht hatte. Das Hofpflaster aus Granitwürfeln voller Löcher. Die Dachrinnen aus verzinktem Stahlblech – die mein Vater vor ungefähr einem halben Jahrhundert hatte anbringen lassen – nur noch als Bruchstücke vorhanden. Nicht zuletzt die aus Eichenholz gedrechselte Jugendstilbalustrade des Treppenaufgangs zum ehemaligen Wohnzimmer erweckte den Eindruck, als hätte sich eine Horde Wildgewordener von allen Seiten auf das Haus gestürzt, an ihm gerissen und gezerrt. Genau so wie von der Straßenfassade waren auch von den Wänden rechts und links des Hofs Mörtelflächen herausgebrochen, und im Blumengärtchen der Großmutter auf der linken Hofseite häuften sich Abfälle aus vergammelten Lumpen, moderigen Holz- und rostigen Metallstücken … Das also hatte die Glück verheißende neue Ordnung den Menschen und dem Land beschert.

Ob ich den Garten sehen dürfe, fragte ich – oder das, fügte ich hinzu, was von ihm übrig sei? Die Leute wirkten noch befangener, sie tuschelten miteinander, bis einer sagte: »Aber ja doch, der Kommunismus ist schließlich den Bach runter, wir leben jetzt auch hier in Freiheit. Warum also nicht? Keiner muss mehr den Kaderchef wegen jedem Dreck um Erlaubnis fragen. Kommen Sie, ich begleite Sie«, er zögerte, hob kurz die Schultern und sagte: »… na ja, in den Garten.«

Natürlich, es gab den Garten nicht mehr – die vierzig Obstbäume und die langen Doppelreihen der Johannis- und Stachelbeersträucher, die Rosen- und Dahlienbeete der Mutter. Und das Bild, das sich mir bot, verschlug mir auch nicht mehr die Sprache, ich hatte schon genug gesehen von dem vor Jahrzehnten enteigneten und vom gefräßigen Monstrum namens Staat verschluckten Besitztum. Dennoch aber ergab sich ein Umstand, der mich für einige Sekunden den Atem anhalten ließ: Vor den grauen Mauern der ebenerdigen Fabrikanlage war bisher genau jener Platz frei geblieben, auf dem einst der Gravensteiner gestanden hatte. Frisch zerwühlte Erde, Löcher, Fahrrinnen und aufgestapelte

Zementsäcke zeigten, dass hier vor kurzem Bauarbeiten begonnen hatten; ein kleiner Löffelbagger war gerade dabei, eine Grube auszuschaufeln. Es ist die Stelle, erkannte ich sofort, an der die Wurzel des Gravensteiners in der Erde gelebt hatte, hier war der »Philosoph« gewachsen, hier hatten sich seine weit gestreckten Äste über den Rasen, über die Gartenbänke und über die Menschen ausgebreitet.

In diesem Augenblick entdeckte ich die Wurzel. Sie musste soeben aus der Erde gegraben, gezerrt und gehoben worden sein. Ich sah sie halb hinter dem Bagger liegen. Der klobige, dennoch sinnvoll gegliederte wuchtige Holzkörper schien mich anzublicken und zu mir zu sprechen. Krumen und Rasenfetzen hingen am kräftigen Wurzelhals. Durch das Gewirr der armdicken Ranken zogen sich Fasern, deren feines Haargeflecht deutlich zu sehen war; der ganze Wurzellaib triefte von glänzender Nässe. Und wie der massige, erst vor kurzem vom Baumstamm abgetrennte erdverschmierte Holzballen im Licht des Tages nackt und hilflos hinter der lärmenden Maschine lag, hatte ich nach und nach stärker das Gefühl, er sei ein Stück von mir, ich selber läge wehrlos und verstümmelt dort auf dem zerstampften Rasen. Plötzlich krampfte sich mir der Magen zusammen. Ich war nahe daran, mich zu übergeben.

Warum ich dem jungen Baggerführer mit dem Dreitagebart und der abgegriffenen schwarzen Baskenmütze erregt zurief, er möge einhalten, nur einige Sekunden lang, bitte, und mir einen Blick auf die ausgehobene Stelle erlauben, wusste ich damals nicht und weiß es heute noch viel weniger. Der Junge lachte vergnügt, ließ den Ausleger zur Seite schwenken und machte eine einladende Handbewegung. »Poftim«, rief er, »doar nu-i decât o groapă«, »Bitte, es ist ja nur ein Loch!« Da erst wurde mir die Unsinnigkeit meines Wunsches bewusst. Aber mich hatte das Gefühl geleitet, ich müsste noch einmal genau hinschauen, als hätte sich mir etwas verborgen, von dem ich nicht wusste, was es war. Verlegen unter den Blicken der Umstehenden, trat ich einen Schritt zurück, dankte dem Jungen mit einer angedeuteten Handbewegung und nahm nur halb wahr, wie sich der Baggerlöffel drei Schritte vor mir von neuem in den Boden grub – an der Stelle, an der sich ehemals die Familie nach dem Tagwerk im Licht und Schatten des »Philosophen« zur abendlichen Runde eingefunden hatte. Nichts, nichts davon hatte sich erhalten.

Außer der Erinnerung.

Das Bild der leeren Erdgrube und der unbeachtet daneben liegenden Wurzel verfolgte mich, als ich mit schmerzendem Magen das fremd gewordene, heruntergekommene Haus und den ungepflegten Hof verließ, durch das Tal des Hillenbachs zur Burg hinaufwanderte und mich stundenlang zwischen dem alten Gemäuer herumtrieb – der zerfallenden

Türme, Basteien und Wehrgänge. Selbst der herrliche Blick von oben auf das Hochland, auf die Wälder und Bergzüge ringsum vermochte mich nicht der Nachdenklichkeit zu entreißen, die mich beherrschte.

Das Bild des Erdlochs und der hilflos daneben liegenden Baumwurzel begleitete mich, als ich am späten Nachmittag ein letztes Mal über den Marktplatz und durch die Straßen der Ortsmitte schlenderte. Es erhielt sich meinem Bewusstsein als ein Akt der endgültigen Entwurzelung aus dem Heimatboden. Ich betrat eine Kneipe, um vor der Weiterfahrt eine Kleinigkeit zu essen und zu trinken.

In der hintersten Ecke des verräucherten, nach verdünntem Fusel und Männerschweiß riechenden vollen Raumes erkannte ich den jungen Baggerführer mit der schwarzen Baskenmütze, die ihm am Kopf festgewachsen zu sein schien. Lebhaft und fröhlich winkte er mir mit beiden Händen und wies auf den Stuhl neben sich. Wir mussten bei dem Lärm schreien, um uns zu verständigen. Er warf den Tuchbeutel, der auf dem leeren Stuhl gelegen hatte, vor sich auf den Tisch und schrie: »He, Sie sind mein Glücksbringer! Sie haben mir heute Glück gebracht.« Aus der Nähe erkannte ich am Blick der braunen Augen, dass ich es mit einem arglosen und heiteren Gemüt zu tun hatte. »Und wieso?«, rief ich. »Na ja«, schrie er mir ins Ohr, »sehen Sie, was ich in der Baumwurzel fand, die Sie heute Nachmittag so merkwürdig angestarrt haben. Sie erinnern sich doch an den Wurzelbrocken?« »Ja«, rief ich. »Als Sie weg waren«, schrie er, »dachte ich: Mal nachschauen, was der Mensch denn da angestarrt hat … Sehen Sie!« Er griff in den Tuchbeutel – und legte das Bismarck-Taschenmesser auf die schmuddelige Tischplatte. »Da staunen Sie ganz schön, was?«, schrie er, »nur der Horngriff ist etwas mitgenommen. Aber was sagen Sie zu diesen Stahlklingen, Mann? Ich habe das Ding in Benzin gebadet und mit einer feinen Bürste gesäubert. Ei, ce zici, omule!«, schrie er noch lauter, »was sagst du dazu, Mann? So ein Stahl!«

Ich hielt das Großvatergeschenk aus Kindheitstagen in den Händen und war zunächst außerstande, etwas zu sagen. Ich sah den im sachsen-anhaltischen Schönhausen geborenen Herrn Otto Eduard Leopold von Bismarck mit etwas verwitterten Umrissen und nicht mehr so gebieterischem Blick wie früher aus dem Dunkel der Gartenerde meines Vaterhauses am Fuß der Karpaten auf mich zutreten – leicht müde und abgespannt, ja erschöpft wirkte er nach den Jahren in der Finsternis, wer weiß, was ihm da im Gespräch mit dem Dunkel alles durch den Kopf gegangen war, doch durchaus nicht gebrochen, und ich staunte über das Wunder der Frische im Aufblitzen des Solinger Edelstahls, als ich die große Klinge aus der Vertiefung zog. Das Messer, überlegte ich, muss mir in der Verstörtheit der

Minuten nach dem Anblick des toten Großvaters durch eine Bewegung aus der Tasche geglitten, in eine Spalte oder einen Riss des Gartenrasens gefallen und im Laufe der Zeit immer tiefer in der Erde versunken sein. Sein Anblick im Lärm, Schnapsdunst und Tabakrauch der kleinen Kneipe versöhnte mich mit der Verwahrlosung, in der ich das Elternhaus wiedergesehen hatte, und gab mir das Gefühl, dass uns über alle Verluste und Zerstörungen hinweg, die wir im Leben hinnehmen müssen, die Dauer selbst eines geringfügigen Stückes zur Hoffnung auf das Beständige und Während nicht nur berechtigt, sondern auch auffordert.

Ich kaufte dem Jungen das Messer zu seiner Freude um das Vielfache des Wertes ab, »Sie sind ein wirklicher Glücksbringer!«, schrie er, sprang vom Stuhl und knallte vor Freude die Baskenmütze auf den Tisch. Wir verbrachten den Abend gemeinsam in der Kneipe; ich ließ den hungrigen Jungen, der mir zum Wiedersehen mit Großvaters Taschenmesser verholfen hatte, auf meine Kosten essen, was und so viel er wollte.

Jahre später schenkte ich das Messer einem Mann in Namibia, ungefähr auf dem zwanzigsten südlichen Breitengrad, einem Schwarzen, der mir in bedrohlicher Lage beigesprungen war und der mich an den Jungen unter den Karpaten erinnerte. So wie ich Großvater kannte, hätte er nichts dagegen eingewendet.

Die Wildgans

WENN IM HERBST die Wildgänse zogen, wurde die
Steppe grau. Von den Windstößen aus den Wurzeln gerissen, begannen die verdorrten Kugeldisteln wie Horden struppiger Zwerge übers Land zu
stürmen.

Noch war die Erde weich, aber an den Morgen
traten wir immer häufiger in die feinen Eisdecken
unserer Stiefelspuren vom Abend vorher – auch
Radu Dranca, mein Nachbar während der Verban-
nungsjahre in der Donausteppe. Die Akazie an
Drancas Hofzaun war kahl geworden, ich sah sie
aus dem Fenster meiner Lehmhütte, und die dunklen
Äste des Maulbeerbaums in meinem Hof schienen
im Schrecken vor den nahenden Winterstürmen
erblasst zu sein. Rings um unsere Hütten lagen die
weißlichen Teppiche der Eiskristalle bis weit in die
Steppe hinaus – bis zu Pamfirs strohgedecktem
Haus, dem Schuppen daneben und dem Stall am
Rand der Steppe. Dahinter hing nur noch der graue
Himmel. Ich wusste, dass Radu Dranca immer wieder zu Pamfirs Besitztum hinüberblickte. Pamfir
und sein Weib waren die einzigen Ortsansässigen.
Wir anderen, ehemals an die dreihundert Männer,
waren hierher Verbannte.

Bald mussten die Wildgänse kommen.

Gestern Abend hatte er Marilena fortgejagt. O ja, in den Sommernächten, wenn der Schilfdunst vom Strom herübertrieb, war ihm ihre Nähe angenehm. Er liebte es, wie er mir erzählt hatte, sie bei offenem Fenster neben sich zu fühlen. Warm und nackt. Sie schnurre ihm wie eine Katze ins Ohr, beiße ihn in die Brust, lache und schreie unter ihm wie ein kleiner Vogel. Gott allein weiß, hatte er manchmal gedacht, wie sie in der Finsternis den Weg findet. Aber an den Abenden trat sie mit ihren braunen Augen zur Tür herein, die sie niemals ganz öffnete, an den Morgen, noch ehe das erste Licht im Osten aufflammte, ging sie wieder. Sie hatte weiche, flinke Hände, und ihre Brüste waren kleiner als seine Fäuste.

Doch als er zu fühlen begann, dass die Wildgänse bald über die Hütte hinwegziehen würden, brachte er die Ruhe nicht mehr auf, in den Nächten bei ihr zu liegen. Als sie gestern Abend hereingeschlichen war, hatte er sie hinausgejagt. Es ist wahr, er hätte nicht so grob sein dürfen. Sie hatte gezetert: Was solle sie nun beginnen, der Winter kündige sich an, ihm zuliebe habe sie den Dienst bei Pamfir aufgesagt, sie müsse erfrieren, verhungern. Da hatte er sie am Arm gepackt, wortlos vor die Tür geschleift und den Riegel vorgeschoben. Eine Zeit lang hatte er sie unter dem Fenster wimmern gehört. Dann war er eingeschlafen. Das alles hatte er mir heute früh berichtet. Leise, ohne zu stocken.

76

»Das Leben hier ist hart«, sagte Dranca, »ich habe keinen, der mir etwas schickt. Keine Familie. Niemanden.« Was sich in den Eisen fing, reichte über den Winter kaum für einen. Er dörrte das magere Fuchs- und Hasenfleisch unter dem Bretterverschlag hinter der Hütte, wo niemand hinschaute. Von den fetten Rehen, die sich manchmal aus den Ostkarpaten südwärts bis hierher in die Donausteppe verirrten, war ihm nur einmal eines in die Grube gegangen. Am leichtesten fingen sich die Ziesel. Einmal, nachts, hatte er es gewagt, die Sperrmarke zu überschreiten und sich zum Strom zu schleichen, der dort, vor dem Delta, breit ist wie ein Meer. Zwei Störe und einen Fischotter hatte er mitgebracht, und auch sie, unter dem Bretterverschlag gedörrt, mit viel Salz gepökelt und an die Holzstangen auf den zugigen Dachboden gehängt, waren in den eisigen Monaten danach einiges wert gewesen. Niemand außer mir wusste von Drancas Wilderei. Niemals wurde sie entdeckt.

Dranca war wie ich einer der Letzten hier. Hatten sie uns vergessen? Manchmal dachte er, sie hätten ihn für alle Zeiten hierher verschickt. Seit die anderen fort waren, zeigte sich auch »der verlauste Panfir« nicht mehr bei ihm, der hinkende Schuft mit der Beinprothese, der Halsabschneider. Früher war der immer wieder gekommen, mit Milch, mit Brot und Salz. Ab und zu sogar mit einem Krug voll stinkendem Rotwein, den er an der Hecke seines kleinen Anwesens zog. Mit seinem vor Geiz schielenden Blick hatte er dafür von Dranca ein paar Münzen eingesteckt. Solange der kleingewachsene Advokat, Dr. Virgil Fulga – der Nachbar auf der anderen Seite –, noch da gewesen war, hatte Dranca immer ein paar Münzen, sogar Scheine in der Tasche gehabt. Fulga war von Freunden mit Geld versorgt worden.

»Oho, der Fulga ist ein Draufgänger und Weiberheld!«, hatte mir Dranca einmal gesagt, »ein Kumpan. Na ja, er war ja auch ein Politischer, einer von denen mit dem schnellen Mundwerk. Ein Alleswisser.« Vielleicht ging der jetzt irgendwo mit einer Krawatte auf weißem oder buntem Hemd spazieren und betrat mit seinem herausfordernden Blick eine der eleganten Bukarester Gastwirtschaften. Die machen sich immer fein heraus! Was verstand einer wie Dranca davon?

Ich hatte Radu Dranca kurz nach meinem Eintreffen unter Eskorte im Steppennest kennengelernt. Der scheue Mann mit dem seltsam gehemmten Blick der tiefgrauen Augen suchte meine Nähe, seit er erfahren hatte, dass ich ebenso wie er aus Siebenbürgen kam. »Aus Ocna Sibiului bei Hermannstadt« stamme er, hatte er gesagt. »Nein, nein«, sagte Dranca jetzt einige Male, »im Winter kann ich mit Marilena nichts beginnen.« »Du hast mir das Rückgrat gebrochen«, hatte sie unter dem Fenster geschrien, »du Tier! Du behaartes Vieh! Du geiler Bock! Mörder!«, hatte sie draußen im Dunkeln geschrien.

»Das hätte sie nicht sagen sollen«, murmelte Dranca, »davon weiß sie nichts.« Aber da war er, wie er sagte, eingeschlafen, und als er am Morgen vor die Hütte trat, hatte sie nicht mehr unter dem Fenster gelegen.

Die Luft an diesem Morgen war anders als sonst – sie brachte aus dem Osten den Hauch eiskalter Regenschauer mit. Das ließ Dranca bis ins Mark frieren. Als er die paar Schritte um die Hütte herum trat, sah er über Pamfirs Gehöft den Rauch in waagrechten Streifen fetzig zerflattern. Seit der Fulga fort ist, dachte Dranca, zeigt sich der Spitzel nicht mehr. Genauso wenig wie seine hässliche Alte mit dem aufreizenden Gesäß. Der hinkende Teufel beschläft das Weib mit einer brünstigen Wut, dass ihr Kreischen und Stöhnen in den Nächten bis herüber zu hören ist. Dranca schüttelte sich, als er an die Fratze der Alten dachte. »Der muss man ein Tuch aufs Gesicht legen, ehe man sie besteigt«, hatte Fulga einmal grinsend gesagt.

Während des ganzen Vormittags überlegte Dranca, ob er es wagen sollte, zu Pamfir hinüberzugehen – um sich einen Topf Milch und ein Stück Brot zu holen. Wenn die Herbstwinde einfielen, die Kugeldisteln losstürmten und den Steppenstaub aufwirbelten, so weit der Blick reichte, war es Dranca jedes Mal, als sauge ihm die leergefegte Ebene das Hirn aus dem Schädel. Hinübergehen?, dachte er, und woher die Gewissheit nehmen, dass ihn die beiden

bäuerlichen Schlitzohren nicht bei den Sicherheits-
offizieren verpfiffen? Denn die Pamfirs wohnten
außerhalb der Sperrzone. In den verfallenden Hütten links wohnte keiner mehr. Fulgas Gärtchen
nebenan hatte angefangen zu verwildern. Der Holz-
schuppen drüben, in dem sich noch bis vor zwei
Wochen einige der Offiziere gezeigt hatten, stand
Tag und Nacht mit geöffneter Tür, die im Wind
knallend auf- und zuschlug. Als die uniformierten
Rüpel noch regelmäßig erschienen, hätte keiner
daran gedacht, weiter als bis zu den letzten Hütten
zu gehen – oder höchstens bis zu den Feldstücken
dahinter. Das war die ungefähre Grenze, die keiner
von uns überschritt, wollte er sich nicht zusätzliche
Jahre einhandeln in »dieser dreimal verfluchten
Steppenscheiße«, wie Dranca sagte, auf der wir als
»gemeingefährliche Elemente« nach dem Absitzen
der Haftjahre wegen eines Aktenvermerks noch einige Jahre zu verbringen hatten – der eine, weil er auf
die Regierung geschimpft, der zweite, weil er einen
Brief vom Vetter aus Paris bekommen, der dritte,
weil er – wie Dranca – im Zorn einen totgeschlagen
hatte. Auf Drancas Akte stand: »Zwangsaufenthalt
unbefristet. Bis auf weitere Anordnungen.«

Verdammt, dachte Dranca, der graue Himmel
macht mich verrückt. Die haben mich hier vergessen. Der Himmel, die Einsamkeit, die Ungewissheit
– das bringt mich um den Verstand …

Ich hielt mich zu jenem Zeitpunkt bei einem

Freund am andern Ende der Siedlung auf, wusste nichts von Drancas bedrohlicher Stimmung und konnte diese daher auch nicht in einem Gespräch abfangen, was mir sonst immer gelang, wenn ich anfing, von Siebenbürgen zu erzählen.

Dranca muss den Tag mit seinen verzweifelten Gedanken verbracht haben. Am Nachmittag schichtete er die Reisigbündel im kleinen Vorraum und sammelte die stacheligen Kräuterstauden, die der Wind nachts in die leeren Hütten seiner Nachbarschaft geweht hatte. Gegen Abend, als es zu dunkeln begann, zündete er im selbstgebauten Ziegelofen ein Feuer an. Er verzehrte einen Hasenschenkel, hielt die klammen Finger über die Glut und lauschte angespannt hinaus. Es war die Tageszeit, da seit kurzem die Wildgänse in der Ferne zu hören waren. Morgen, dachte er, werde ich die restlichen Fleischstücke aus dem Keller holen und auf den Dachboden hängen, im Winter ist der Keller zu warm.

Es ging auf den Abend zu, als er die Gänse hörte.

Zuerst einzelne Aufschreie. Als schreie ein Mensch, den der Wind von der Erde riss, ihn durch die Luft wirbelt und schleudert. Dann das näher kommende Rauschen der Flügelschläge. Es lag tiefer als sonst. Die fliegen dicht über den First hinweg! Sekundenlang toste das Gelärme wie ein Sturzbach um die Hütte. Plötzlich war nur noch aufgeregtes Geschnatter zu hören.

Was ist das?, dachte Radu Dranca, wieso fliegen die Gänse nicht mehr? Der Schwarm muss niedergegangen sein, dachte er und sprang auf. Das Geschnatter war laut und kam aus der Nähe. Er griff nach der zerschlissenen Wattelinjacke und trat hastig hinaus. Im letzten Graulicht von Westen her erkannte er die Gänse sofort.

Sie waren keine fünfzig Schritte von ihm entfernt. Die Erde zwischen ihm und den Gänsen schimmerte wie Glas. Nur einen knappen Steinwurf vor sich sah er den Schwarm – es waren an die hundert Graugänse. Ihre Leiber blitzten in einem matten Aufleuchten, das sich ununterbrochen bewegte. Die Hälse vorgestreckt, fauchten sie dem Mann entgegen, der torkelnd auf sie zukam. Als er sich den ersten auf wenige Schritte genähert hatte, war der einzige Gedanke, der ihn beschäftigte, das Stangengerüst auf dem Dachboden, an dem die Winternahrung hing. Der Herrgott hat euch geschickt, dachte er, ihr könnt vor Erschöpfung nicht weiterfliegen! Ich muss jetzt nur rasch handeln.

Er rannte zur Hütte zurück und kam mit einem schweren Akazienknüppel wieder. Ich werde mit aller Kraft nach links und rechts in die Leiber hineinschlagen, überlegte er erregt, um mir zwanzig von ihnen zu holen. Dann können die Wintermonate kommen, mit ihrem Dunkel und den schwarzen Schneestürmen über mich herfallen, dann können die Tage und Nächte ohne Farbe und Laut anbrechen. Und dem Schwein von Pamfir hänge ich eine davon an den Türstock – damit er weiß, dass es mich noch gibt.

Was haben die nur?, dachte er, als die Gänse keine Anstalten machten, vor ihm zurückzuweichen oder aufzufliegen. Nein, die gestreckten Hälse, das Fauchen und Schnattern hatte nichts mit ihm zu tun. Es zeigte in eine andere Richtung. Er blickte nach links – keine zwei Schritte neben sich sah er eine Gans liegen. Sie hatte die Beine starr seitwärts gestreckt. Als der Mann mit dem Knüppel in der Hand auf sie zutrat, bewegte sie den Kopf. Die kriege ich, dachte Dranca. Der Speichel tropfte ihm aus dem halb geöffneten Mund. Er ließ den Knüppel sinken. Die packe ich, dachte er und griff zu.

Was er in der Sekunde darauf in der Hand hielt, ließ ihn aufstöhnen. Fast hätte er geschrien: Es war nicht ein Stück Leben, was er angefasst hatte, es war ein Eisklumpen.

Der Tierleib knisterte in den großen Händen des Mannes. Das Gefieder war von einer dünnen, splitternden Kristallschicht überzogen, sie zerbrach ihm zwischen den Fingern wie ein erstarrtes Wäschestück. Der Schwarm, dachte Dranca, muss auf seinem Flug durch einen Regen geflogen sein, im eisigen Wind sind den Tieren danach die nassen Flügel erfroren und aneinandergeklebt. Diese hier muss es am schlimmsten erwischt haben. Sie ist noch jung und aus dem Schwarm gefallen, der ihr folgte, ein Stück weiter niederging und ohne sie nicht weiterfliegen will.

Die Gänse hatten Dranca umringt. Es sah aus, als bewegte sich die Erde um ihn, wie ihre Leiber jetzt als eine grausilberne lebendige Masse ringsum wimmelten. Sie hatten die Hälse zu der Gans in seinem Arm emporgereckt. Der Lärm, der ihn umgab, war ohrenbetäubend. Er presste das Tier an sich, schlug sich mit den Füßen einen Weg frei und ging auf die Hütte zu. Er zitterte am ganzen Körper. Drinnen legte er die Gans auf das Bett.

Elendes Vieh, dachte er angespannt und hilflos, ich sitze hier und sehe dich an, anstatt den ganzen Schwarm totzuschlagen. Du mitgenommenes, zusammengepapptes Miststück.

Es war eigenartig, wie sie ihn anblickte – als verstünde sie, woran er dachte, und fürchtete sich dennoch nicht. Er warf eine Handvoll Zweige in die Flammen, rückte die Gans auf dem Bett näher an den Ofen und sagte laut: »Ich kann doch nichts dafür, dass sie mich hier vergessen haben! Ich muss zusehen, wie ich durch den Winter komme! Mit mir hat auch keiner ein Erbarmen! Blödsinn«, murmelte er, »anstatt euch allen die kleinen Schädel einzuschlagen.« Nein, ich hätte Marilena gestern Abend nicht fortjagen sollen, dachte er, dieser Gänsehaufen hätte für uns beide gereicht. Mörder! Wie sie das geschrien hat, gerade so als hätte ich ihr und nicht dem falschen Hund von einem Amandi die Kehle zugedrückt. Was weiß sie schon darüber, wie ich den zum Schweigen gebracht habe.

Rings um die Gans war die Bettdecke nass geworden. Dranca wischte dem Tier mit einem Lappen das Wasser von den Flügeln. Draußen vor der Hütte schrien und krächzten die Gänse. Aber er kam von dem Gedanken an Marilena nicht los. »Warum ist die mir nicht früher über den Weg gelaufen?«, sagte er und blickte der Gans in die sanften, feuchten Augen, »na ja, sie ist freilich viel jünger als ich. Aber was tut das schon? Sie hat mich immer warm gehalten. Sie hat dem Pamfir ein paar Hosen für mich gestohlen. Mehl, Eier und Zucker hat sie unter dem Rock herübergeschmuggelt.« Marilena, nein, dachte er, die hätte den Amandi nie an sich herangelassen, nicht wie das Luder von meiner Frau, ihretwegen habe ich dem piekfeinen Schwein den Kehlkopf eingedrückt – zwölf Jahre hinter Gittern hat es mich gekostet, dazu diese dreimal verfluchte Steppe …

Fast alle sind weg, dachte er, dies Gelichter von kleinen und großen Halunken, dazu die Politischen vom Schlage Fulgas. Plötzlich schrie er die Gans an: »Aber mich haben sie hier vergessen! Keiner kommt und haut mit dem Karabinerkolben an die Tür und sagt, he, Dranca, deine Zeit ist um, nimm deinen Packen, hau ab! So war es bei den anderen. Oh, Marilena«, sagte Dranca, »die Steppe hat mich um den Verstand gebracht, warum habe ich dich fortgejagt wie eine räudige Hündin?« Er hatte die ungefügen zitternden Hände auf den Rücken der Gans gelegt.

Da durchfuhr ihn wie ein Blitz der Gedanke, Pamfir und dessen Alte mit dem geilen Gesäß hätten ihn bei den Uniformierten verpfiffen, weil er Marilena bei sich aufgenommen hatte, und deswegen sitze er seit sieben Jahren hier. Die Angst, Marilena könnte niemals wiederkommen, jagte ihn auf. Er griff nach der Fellmütze und dem schweren Knüppel und stürzte hinaus. Er stolperte mitten in die Gänse hinein, die sich vor der Tür versammelt hatten. Er trat auf ihre Leiber. Es war stockdunkel. Er sah noch, wie die junge Gans hinter ihm durch die Tür ins Freie gelaufen kam. Als er um die Hüttenecke bog, schnitt ihm aus dem Osten der eisige Wind ins Gesicht.

Während er auf Pamfirs Anwesen zurannte, schrie er ununterbrochen Marilenas Namen. Auf den gefrorenen Ackerschollen fiel er hin, rappelte sich hoch und rannte so lange, bis er den Lichtschimmer einer Fensterspalte schrittweit vor sich sah. »Marilena«, schrie er. Pamfirs Hofhunde schlugen an und stürzten sich aus der Finsternis auf ihn. Er traf das größte der Tiere mit dem Knotenende des Knüppels so hart zwischen die Ohren, dass es zur Seite flog und mit kurzem Gluckslaut liegen blieb.

Das Fenster war nur nachlässig verhängt. Radu Dranca, der Mörder, sah Pamfir mit der Alten in wüster Umschlingung nackt im Bett liegen. Neben dem Bett, an der Wand, lehnte Pamfirs abgeschnalltes Holzbein, auf dem Dielenboden lagen zwei leere Weinflaschen.

Mit einem Schlag des Ellenbogens zertrümmerte Dranca das Fensterkreuz und warf sich kopfüber ins Zimmer hinein.

»Wo ist Marilena?«, schrie er. »Du Gauner, du hast sie aus dem Haus gejagt und hast mich verpfiffen, weil sie zu mir gekommen ist. Wo ist sie? Wo ist Marilena?«

Die beiden hörten ihn nicht. Sie keuchten und schnaubten wie Tiere, die sich bekämpfen. Erst als er Pamfir an der Schulter gepackt und herumgerissen hatte, glotzten sie ihn an. Dranca griff nach dem Holzbein und zerschmetterte Pamfir mit einem einzigen Schlag die Schädeldecke, er schleuderte den Mann auf den Dielenboden und schlug ihm noch zweimal mit ganzer Kraft quer über das Gesicht, dass der Unterkiefer zur Seite sprang.

»Du Hurengestank«, keuchte er und sah die Alte an, die mit gespreizten Beinen vor ihm lag, »so also ist das mit dir?« Er packte die Frau an den großen, fetten Brüsten, sie krümmte und wand sich unter ihm. »Du«, schrie er heiser, »so alt bist du ja gar nicht, du hast nur die Fratze einer Hexe.«

Die Frau war angetrunken, sie stank, sie keifte und kicherte, und als Dranca fühlte, dass sie sich gegen ihn presste und es ihm die Sinne benahm, drückte er ihr langsam mit beiden Daumen die Kehle zu. Er drückte so lange, bis sie regungslos und schlaff unter ihm lag. Er zog sich die Hosen hoch, verließ das Haus und schrie Marilenas Namen in die Steppennacht.

Er fand sie an der Rückwand seiner Hütte, unter eins der Schilfbündel gekauert, die dort lehnten, ihr Körper war erstarrt. Pamfirs Hunde hatten ihr Fleischstücke aus dem rechten Arm und aus dem Bauch gerissen, ihr Gesicht trug blaue Flecken von den Fausthieben, mit denen er sie gestern Abend aus der Hütte gejagt hatte.

Als er mit der Toten auf den Armen das Haus betrat, war das Bett, auf das er die junge Gans gesetzt hatte, immer noch feucht. Er legte Marilenas Leichnam auf die Decke. Das schwarze Haar lag wie eine Eiskappe um das Frauengesicht. Die Augen waren weit geöffnet. Er hörte die Gänse draußen schreiend auffliegen. Ohne die Tür zu schließen, saß er die ganze Nacht bei der Toten.

Im ersten Morgengrau die Schritte vor dem Fenster und danach die Schläge mit dem Karabinerkolben gegen den Türrahmen.

Ich hörte die Schläge und trat vor meine Hütte. Ich sah Radu Dranca neben den Uniformierten stehen. »Na«, hörte ich den Unteroffizier rufen und sah sein schräges Grinsen, »guten Morgen, wie geht's, Dranca? Deine Zeit ist um. Fast hätten wir dich hier vergessen. Pack deine Sachen. Du bist frei.

Und in Zukunft halt deine Fäuste besser in Zucht … Sieh dir das an«, sagte er zu seinem Begleiter und zeigte auf Drancas Fäuste, »hast du je solche Pratzen gesehen? Du warst mal Schlosser, Dranca, wie? Na, da findest du jetzt leicht wieder eine Arbeit.«

Es dauerte eine halbe Stunde, bis sie in der Hütte und auf Pamfirs Gehöft alles zu Protokoll genommen hatten, Dranca musste nur unterschreiben. Danach bat er, Marilena beerdigen zu dürfen. Der Unteroffizier kratzte sich am Kopf und nickte. »Warum eigentlich nicht? Die hat sowieso niemanden.« Bis es so weit war, saßen sie in seinem Zimmer und tranken den Rest Pflaumenschnaps, den Dranca übrig gelassen hatte.

Als sie ihm die Hände auf den Rücken gefesselt und ihn zu dem grünen Geländewagen gebracht hatten, flog ein Schwarm Wildgänse über uns hinweg. Radu Dranca blieb stehen und blickte hinauf. Soeben wechselte die Führungsgans mit der hinter ihr fliegenden den Platz. »Die Steppe«, sagte Dranca zu mir, »o ja, die Steppe – sie hat mich verrückt gemacht, verrückt. Verstehst du das? Hör, die Gänse! Sie schreien wie Menschen, wie Menschenseelen. Der Wind trägt sie vor sich her, wie er will, wie er will«, murmelte er und sah mich mit ausdruckslosem Blick an, »wie er will. Verstehst du das?«

Als ich den Weihnachtsmann
zum ersten Mal sah

ALS ICH DEN WEIHNACHTSMANN zum ersten Mal sah, war ich drei Jahre alt. Das war in den Südkarpaten, woher ich stamme, das heißt in ihren nördlichen, ins siebenbürgische Hochland abfallenden Vorbergen.

Mein Vater war Jäger. Ich habe ihn später niemals gefragt, warum er mich schon im Alter von drei Jahren auf seine Pirschgänge mitnahm. Vielleicht wollte er mich früh ans Weidwerk gewöhnen, das er mit Leidenschaft betrieb. Vielleicht aber brauchte er nur Unterhaltung auf den Waldläufen und sah schon damals seinen guten Gesprächspartner in mir.

Kurz, weil es Anfang Dezember und schon längst Schnee gefallen war, wurde ich von Mutter, Großmutter und zwei aufgeregten Tanten bis über die Ohren in Woll- und Pelzzeug gesteckt, bis es außer der Nasenspitze und den Augen von mir nichts mehr zu sehen gab. Dann hob mich jemand hoch und schob mich in einen Rucksack, in den rechts und links je ein Loch für meine Beine geschnitten war. Der so mit mir gefüllte Rucksack wurde oben, in der Höhe meines Halses, zugebunden und danach auf den Tisch gestellt. Und unter den aufmerksamen, ja misstrauischen Blicken und Zurufen der erweiterten Familie – es waren noch zwei Tanten, mein Großvater, zwei Vettern und das Küchenmädchen dazugekommen – musste mich mein Vater mit allen Zeichen liebender Behutsamkeit, deren er fähig war, huckepack nehmen.

Mich fragte natürlich kein Mensch, wie ich mich bei alldem fühlte. Alle Versammelten aber schienen der Ansicht zu sein, es könnte mir nicht besser gehen als in dem Rucksack. Und nicht genug, dass dieser mich, fest zugeschnürt, unbeweglich machte, der Wollschal, den mir Großmutter zusätzlich schnell noch einige Male um Hals und Schultern wickelte, rutschte sofort nach oben und verdeckte mir schließlich die Augen. Da sah ich nun auch nichts mehr. Doch das war, wie gesagt, Nebensache, die Hauptsache blieb, dass der vorläufig einzige Stammhalter der Familie nach Auffassung aller Anwesenden so vorsorglich verpackt worden war, dass man hoffen durfte, ihn heil und gesund wieder zurückzukriegen – wenn ich auch von der Welt, in die mein Vater mich zu entführen die Absicht hatte, nicht das Geringste wahrnahm.

Doch so einer war mein Vater nicht.

Kaum auf der Straße draußen, blieb er nach den ersten Schritten auf dem klirrenden Schnee stehen, brummte etwas, das nicht sehr freundlich klang – »Tantengetue«, verstand ich –, und holte mich mit einem Schwung vom Rücken, der meine sämtlichen Anverwandten zu Schreckensschreien veranlasst haben würde. Er setzte mich vorsichtig auf den

Gehsteig und wickelte mich aus dem Schalungetüm; und auch sonst sorgte er mit einigen Griffen dafür, dass meine Verbindung zur Welt wiederhergestellt wurde. »So, mein Sohn«, sagte er dann zufrieden, »das war's, wir zwei wollen uns die Sicht durch niemanden nehmen lassen.« Er hängte sich die Doppellaufflinte wieder vor die Brust, schwang mich auf den Rücken, und im Wiegen seiner ausgreifenden Schritte konnte ich nun meine winterliche Umgebung nach Herzenslust betrachten, während mir die eisige Dezemberluft frei um Nase und Wangen strich.

Auf der Brücke vor den letzten Häusern, wo im Sommer der kleine Wasserfall war, sich jetzt aber blaue Eiswülste und -knoten übereinandertürmten, blieb Vater noch einmal stehen und unterhielt sich kurz mit Bade Nelu, dem rumänischen Wildheger, der uns von der anderen Straßenseite entgegengekommen war. Sooft Bade Nelu zu uns nach Hause kam, lief ich wegen seines riesigen Schnauzbartes und der feuerroten Narbe auf seiner Stirn erschrocken weg. Bade Nelu zeigte einige Male zu den Bergen hinauf, in die Richtung, in die wir gingen, dann schüttelten sich die beiden Männer die Hände, und wir trennten uns. Vor der letzten Hütte am Dorfrand sah ich noch drei Zigeunerkinder hinter einem kläffenden Köter barfuß durch den Schnee laufen, aus einer Toreinfahrt schrie eine Frau hinter ihnen her, dann bog Vater auf den Pfad rechts ein und begann, in die steilen Hänge hinaufzusteigen.

Es war ein grauer Wintertag mit tiefhängenden Wolken; die nahen Berge waren nur zu ahnen, je höher wir kamen, umso stiller und einsamer wurde es. Die Luft war klar, sie schmeckte hier nicht mehr nach Rauch. Ich hörte nichts außer Vaters Schritten und sah seinen Atem, dessen Wölkchen ich vor dem näher rückenden dunklen Waldrand über uns deutlich erkannte.

Ich denke, an jenem Tag wollte mein Vater gar nicht jagen. Er wollte bloß in Gesellschaft seines Sohnes einige Stunden durch den Schnee laufen. Die Landschaft ist dort, in den dichtbewaldeten Karpatenvorbergen, von tiefen Taleinschnitten durchzogen, zerklüftet und unwegsam, ja wild. Vorzügliches Gelände – wie ich später belehrt werden sollte – für Bären, die es da heute noch gibt und damals erst recht gab. Der große braune Karpatenbär ist hier zu Hause; sein Gehege begann fast schon hinter unserem Obstgarten, wo in den harten Wintern nachts die Wölfe in Rudeln heulten und an den Morgen durch den glitzernden Schnee des Hinterhofs die Fuchsspuren wie dunkle lange Schnüre führten.

Ich erinnere mich noch des Augenblicks, als wir den Wald erreichten, weil Vater nach dem langen und beschwerlichen Anstieg laut aufpustend am Waldrand unter den ersten Tannen stehen blieb.

Die kräftige Luft, die wohlige Wärme, die aus Vaters breitem Rücken in mich strömte, hatten mich schon vor einer geraumen Weile eingelullt und eingeschläfert. Ich wurde nun aber auch dadurch wieder wach, dass das Schaukeln und Wiegen, in dem ich mich fortbewegt hatte, ausblieb und das wie aus weiter Ferne kommende gleichmäßige Singen der Schritte tief unter mir auf einmal nicht mehr zu hören war. Es dauerte eine Zeit lang, ehe ich die Welt rings um mich begriff.

Zuerst sah ich die im lautlosen Halbdunkel dicht neben uns stehenden Tannen, danach nahm ich das grauschimmernde Weiß zwischen ihnen wahr, das aussah, als hebe und senke es sich. Der Nachmittag hatte in den Abend hinüberzugleiten begonnen, das ließ alle Dinge seltsam fließend erscheinen. Ohne sich zu bewegen, stand Vater bis zu den Knien im tiefen Schnee.

Und plötzlich spürte ich die Erregung, die in der Luft lag, es war mir, als könnte ich sie mit Händen greifen. Ich wurde hellwach. Und nun hörte ich auch, dass Vater den Atem angehalten hatte. Ohne die geringste Bewegung zu machen, blickte er geradeaus zwischen die Tannen in den Wald hinein. Warum bewegt er sich nicht?, dachte ich und schielte ihm neugierig über die Schulter. Dabei sah ich, wie sich seine Hand langsam zur Waffe hob. Da blickte auch ich geradeaus in den dunklen Wald hinein.

Aber natürlich, durchfuhr es mich in der nächsten Sekunde, natürlich, dachte ich, dort steht er! Halb gebückt zwischen zwei Tannen, wie mir schien, einen Arm gegen die eine Tanne gestemmt. Riesig und düster ragte seine Gestalt im ungewissen Dämmerlicht auf.

Jetzt schob sich mein Vater, immer noch regungslos verharrend, mit der gleichen langsamen Bewegung des rechten Arms den Büchsenriemen über den Kopf, er griff dabei mit der freien Hand von unten nach dem Lauf der Waffe. Die mächtige Gestalt vor uns machte eine knappe Bewegung zur Seite und war nun besser zu erkennen. Natürlich, dachte ich wieder, das ist er doch, der Weihnachtsmann! ... Wie er dort steht, in einen unförmigen, zottigen Pelzmantel gehüllt, mit breiten Schultern und gewaltigen Armen – ungeheuer groß ist er, und auf dem Kopf trägt er eine Mütze. Genau so hatte Großmutter ihn mir geschildert. Und das Gefühl, dem Weihnachtsmann so unerwartet begegnet zu sein, ihn so zum Greifen nahe vor mir zu sehen, nicht weiter als ein paar Schritte, dies Gefühl war überwältigend. Die Erregung, die mir soeben noch wie ein Knoten in der Kehle gesessen hatte, löste sich mit einem Mal, und in einem Jubelschrei machte ich mir Luft. »Vater«, schrie ich, »sieh nur, der Weihnachtsmann!«

Vater zuckte zusammen und riss die Waffe so heftig nach oben, dass ich erschrocken schwieg. Doch da bückte sich der Weihnachtsmann mit einer schnellen Bewegung, als wollte er im Schnee nach etwas greifen. Er ließ dabei einen tiefen Brummton hören, der mir wie »Guten Tag, mein Lieber« klang, machte eine Drehung und verschwand, immer noch gebückt, zwischen den schwarzen Tannenstämmen. Von einem Ast, den er dabei berührte, rieselte Schnee noch lange nachdem er verschwunden war. Das klang jetzt in der Stille sehr laut.

Erst eine Minute nachher ließ Vater die Waffe sinken; er atmete einmal tief ein und aus und sagte dann ruhig: »Ja, mein Sohn, das war er.« Und nach einer Weile: »O ja – und was für einer das war!«

Er trat die wenigen Schritte durch den Schnee, schwang mich von seinem Rücken und lehnte mich an den Tannenstamm neben die Spuren. Er bückte sich und betrachtete lange und von allen Seiten die tiefen Löcher, die der Weihnachtsmann getreten hatte. Es waren die breiten, klobigen Spuren eines ausgewachsenen Karpatenbären. »Mhm«, sagte Vater, beäugte immer noch umständlich die Spuren und lächelte mich dazwischen kurz an, »doch, doch, das war er, unser Weihnachtsmann.« Er strich mir über die Wangen, küsste mich auf die Stirn und sagte: »Und das, mein Sohn, wollen wir zwei Männer als ein Geheimnis für uns behalten, niemandem sagen wir ein Wort davon. Schon gar nicht den Frauen. Ja?« Ich nickte. »Und Guten Tag hat er uns auch gesagt, hast du's gehört, Vater?« – »Ja freilich«, sagte Vater, »Weihnachtsmänner sind immer freund-lich.«

Das Glücksgefühl dieser Begegnung tief drinnen im verschneiten Südkarpatenwald beherrschte mich auf dem Heimweg durch den stockdunklen Abend, das überwältigende Gefühl einer großen Begegnung, wie der Mensch sie nicht oft hat im Leben. Und seither überkommt mich dies Gefühl jedes Jahr von neuem, sobald der erste Schnee den Winter ankündigt. Bis heute hat sich daran nichts geändert.

So war es, als ich zum ersten Mal in meinem Leben den Weihnachtsmann sah.

Der Major und die Mitternachtsglocke

ZU DEN BESONDEREN ERINNERUNGEN an die Jahre meiner politisch bedingten Haft im stalinistischen Rumänien gehört das Ereignis einer Minute. Es ist die Minute vor der Urteilsverkündung nach dem Gerichtsverfahren in meinem Prozess Mitte September 1959 vor dem Militärtribunal Kronstadt. Das Besondere des Ereignisses dieser Minute lag darin, dass es nichts mit dem Prozess zu tun hatte.

Wir waren zu fünft ohne Unterbrechung sechzehn Stunden hindurch vom Gerichtsvorsitzenden – einem Major namens Dragoş Cojocaru –, vom bald brüllenden, bald fauchenden Staatsanwalt Virgil Liciu und den Mitgliedern eines Sachverständigenausschusses verhöhnt, angepöbelt, bedroht und mit zynischen Bemerkungen überschüttet worden. Nichts von all dem, was imperiale Justizarroganz aufzubieten hat, war von den Herren, Pardon: den Genossen, ausgelassen worden. Hinzuzuzählen wären die Aussagen einiger Anklagezeugen, über die besser der Mantel des Vergessens gebreitet sei.

Da weder der ungefähr vierzigjährige Gerichtsmajor Cojocaru – ein gut aussehender, auffallend gepflegter, athletisch gebauter Mann – nebst seinen uniformierten Beisitzern noch der Staatsanwalt und der Gerichtssekretär das Deutsche beherrschten, keiner von ihnen also unsere auf Deutsch abgefassten veröffentlichten und unveröffentlichten Schriften gelesen hatte, mussten die Mitglieder des Sachverständigenausschusses – der »comisia de expertiză« – dem Gericht je nach Wunsch aus Büchern und Manuskripten übersetzen. Die unappetitliche Aufgabe war drei Doktoren der Germanistik, einem Theaterdirektor und einem Journalisten zugewiesen worden. Die Textausschnitte, die sie abwechselnd vorlasen, belegten unsere durch und durch verderbte bourgeoise Moral, unsere unbelehrbare Feindseligkeit der Regierung gegenüber und unsere ganz und gar undankbare Einstellung zu den Errungenschaften der »sozialistischen Revolution« und deren beglückenden Realisierungen. Oder was uns fünf Schriftstellern aus Kronstadt und Hermannstadt in Siebenbürgen noch an Verbrechen angelastet wurde.

Über jenen »Prozess der deutschen Schriftstellergruppe« – »procesul lotului scriitorilor germani« – ist während der Jahrzehnte seither von geradezu unfassbar oberflächlich recherchierenden bundesdeutschen Journalisten und nicht minder ahnungslosen wie geschwätzigen Landsleuten so viel Unsinn gesagt, geschrieben und gemauschelt worden, dass jeder Gedanke an Richtigstellungen reizlos erscheint. Dem Kenner empfiehlt sich vielmehr die philosophisch gelassene Resignation – erst recht, da jeder weiß, wie empört unsere Gesellschaft reagiert, wenn sich einer ein Herz fasst und die Dinge beim

Namen nennt. Wie hatte der amerikanische Erzähler Ernest Hemingway geschrieben? »Nichts ist gefährlicher als der Umgang mit der Wahrheit …«

Mit den evangelischen Pastoren Andreas Birkner und Harald Siegmund, dem Universitätsprofessor Georg Scherg und dem Privatlehrer Wolf von Aichelburg teilte ich an jenem Septembertag den Platz auf der Anklagebank im schönen, um die Jahrhundertwende im Gründerstil erbauten Gerichtsgebäude. In dem nach altem Mobiliar und mit geteertem Öl eingelassenen Dielenbrettern riechenden Verhandlungssaal unternahmen wir es bald gemeinsam, bald einzeln, gegen den vom Vorsitzenden, vom Staatsanwalt und von den Sachverständigen in immer neuen Variationen und Formen vor uns aufgetürmten Sprachbombast anzugehen. Wir taten es je nach Temperament und augenblicklicher Gemütslage. Ohne Erfolg. Wir wechselten von harter Gegenrede und heftigem Protest zum erläuternd an die Vernunft appellierenden Tonfall. Nichts half: Wir waren außerstande, die ständigen Unterbrechungen unserer Darlegungen bald von der einen, bald von der andern, bald von der dritten Seite zu verhindern.

Mehr als alle anderen tat sich dabei der Major hervor. Seine Einwürfe, Fragen und Wortabschneidungen klangen wie Peitschenhiebe. Sie zeugten nicht nur von einer zur Skrupellosigkeit verrohten Erfahrung in vergleichbaren Lagen. In der Absicht, uns zu verletzen und der Lächerlichkeit preiszugeben, waren sie darüber hinaus genau berechnet und von der billigen Ironie der Mächtigen. Wenn er einen von uns anfuhr: »E, ş-acu' ce ai de spus?«, »He, und was hast du jetzt zu sagen?«, und der Angefahrene der Aufforderung nachkam, bügelte er ihn schon mitten im zweiten Satz nieder. Nicht selten mit der Raserei eines Tobsüchtigen. Flüchtig beschäftigte mich bei seinem bald hinterhältig lispelnden, bald dröhnenden Gehabe der Gedanke: Was müssen doch diese wie aufgezogene Kunstfiguren über uns herfallenden Leute – Richter, Staatsanwalt und Literatursachverständige – für erbärmliche Wichte sein, da keiner von ihnen ein überzeugter Anhänger des Regimes ist, sie sich aber aus Sorge um ihre Karriere auf unsere Kosten gebärden, als wären sie's. Angst, Obrigkeitsdienerei, man weiß es, entstellen und fressen den Charakter.

Dreimal während der Gerichtsverhandlung – die keine Verhandlung, sondern die Vortäuschung einer solchen war –, dreimal hatte ich dennoch den sicheren Eindruck, dass sie allesamt nahe daran waren, wider Willen die Maske der Verlogenheit fallen zu lassen, überrascht von der unerwarteten Situation.

Das erste Mal, als Andreas Birkners Novelle »Die Sau mit den sieben Ferkeln« zur Erörterung anstand. Der Chef der Sachverständigengruppe – einer jener gut dotierten geschmeidigen intellektuellen Mitläufer, die zu allen Zeiten gefährlicher sind als jeder ehrlich der Sache Ergebene – setzte dem Gericht eifernd und gestenreich auseinander, dass die Parabel der Novelle auf der Hand liege: Die »mit den gerissensten Mitteln der Karikatur« geschilderte Sau sei in Birkners klassenfeindlichem Verständnis niemand anders als die glorreiche, herrliche Sowjetunion und die mit Spott und Hohn übergossene ringelschwänzige Ferkelschar deren ergebene kleine Bruderstaaten, die um die Gunst der Sau buhlten; sowohl das grunzende, fette Mutterschwein als Abbild der wunderbaren Sowjetunion – schrie der Sachverständige mit gespielter Empörung – als auch die nuckelnd sich an ihren Zitzen drängelnden Ferkel als Abbild der treu ergebenen Bruderländer stellten unüberbietbare »Verhöhnungen der sozialistischen Staatengemeinschaft und der siegreichen Revolution« dar … Nein, ich täuschte mich nicht, als ich bei seinen Ausführungen auf den Inquisitorenmienen der Uniformierten vor uns ein nur mühsam unterdrücktes Schmunzeln zu erkennen meinte. Birkners Einfall war in seiner Schlitzohrigkeit zu bestechend.

Das zweite Mal, als derselbe Staatsdomestik Wolf von Aichelburgs Gedicht »Die rote Lüge« fast pathetisch deklamierend vorlas. Es begann mit dem Fanfarensatz: »Seht, dort steht sie …« Die beinahe hingerissene Angespanntheit, mit der die Rechtsvertreter der reinigenden Kraft der Aichelburg-Verse lauschten, war nicht zu übersehen. Die Falschheit ihrer eigenen Sprache fiel wie ein Schmutzkleid von ihnen – ehe sie sich danach sofort wieder mit der eilig aufgesetzten Miene der treuesten Staatsdiener aufs Höchste ungehalten zeigten, eingedenk der niederträchtigen Weisheit »Wes Brot ich ess', des Lied ich sing«. Ich bin davon überzeugt, dass Wolf von Aichelburgs Gedicht niemals wieder mit solcher Eindringlichkeit vorgetragen wurde und sein Vortrag auch nie wieder einen angemesseneren Rahmen fand.

Das dritte Mal lüfteten die Herrschaften auf dem Podium unwillkürlich für Sekunden die Pharisäermasken, als der Ausschuss-Vorsitzende aus meiner Erzählung historischen Inhalts »Fürst und Lautenschläger« im Tremoloton der Entrüstung die zwei Sätze vorlas, mit deren staatsfeindlicher Deutung meine Verurteilung zu fünfzehn Jahren Zwangsarbeit begründet werden sollte. Der eine Satz lautete: »Ich bin keine Hure, und meine Kunst ist es erst recht nicht« – in meiner Erzählung lasse ich diesen Satz den vom tyrannischen Fürsten gefangen gehaltenen Lautenschläger sagen, dem der Fürst die Freiheit im Tausch gegen ein Loblied anbietet, das der Lautenschläger verweigert. Der zweite Satz lautete: »Ich bin frei, Hoheit, auch wenn Ihr mich in Ketten legt.« Die Stimme des Sachverständigen überschlug sich, als er schrie: »Hohes Gericht, beide Sätze müssen – wie uns ein Freund des Angeklagten mitteilte – nur in die Gegenwart übertragen werden, um die wahre Absicht des Autors zu erkennen. Der eine enthält den Aufruf, sich unseren Staatsidealen zu verweigern, der andere die Behauptung, dass der Künstler in unserem Land in Ketten gelegt sei.« Ehe der Gerichtsmajor danach etwas sagte, verstrichen eindrucksvoll nachwirkende Augenblicke. Dann freilich hatten er und seine Helfershelfer sich auch diesmal gefasst und sich nach den Momenten der Ehrlichkeit, zu denen wir ihnen verholfen hatten, wieder in Speichellecker verwandelt.

Natürlich beschäftigten mich an dem über ein halbes Jahrhundert zurückliegenden wolkenlosen, warmen Septembertag nicht philosophische Betrachtungen über die Bedenkenlosigkeit, mit der sich der Mensch seiner Chamäleonnatur bedient. Nein, ich stellte dem Augenblick dienliche Erwägungen über die Mittel meiner Verteidigung an. Das heißt, ich lauerte auf die günstigste Sekunde für die Abwehr der Anwürfe im gefährlichen Vokabular der Staatsmacht – welcher Ton, welche Entgegnung empfiehlt sich? Es ging schließlich um meine Freiheit. Wie jedem anderen von uns war auch mir klar, dass nichts sie uns retten würde. Doch ich war nicht bereit, sie widerstandslos herzugeben. Ich werde mein Gesicht weder vor den auf dem Podium über uns thronenden Genossen verlieren noch vor mir selber, hatte ich mir vorgenommen. Und ich denke nicht daran, mich nach dem Prozess jahrelang in Zellen hinter Gittern und in Lagern hinter Stacheldraht dem Selbstvorwurf auszusetzen, bei der Gerichtsverhandlung zu wenig getan zu haben. Aus vorhergegangenen Gefängnisaufenthalten wusste ich, dass der Augenblick kommen würde. Ich werde mich wehren, dachte ich, solange ich atme.

Doch eben dazu durften es die Vertreter der »proletarischen Moral« nicht kommen lassen: Bei freier Rede und Gegenrede setzten sie sich der Gefahr aus, entblößt zu werden. Sie *mussten* uns ins Wort fallen und niederbrüllen. Was sich im Gerichtssaal abspielte, war eine Existenzfrage sowohl für uns als auch für sie: Dasselbe Ungeheuer hielt uns in den Fängen. Die Groteske unserer Bruderschaft war mir bewusst. Doch noch mehr der Unterschied der Verstrickung, in deren Zeichen wir hier einander gegenüberstanden ... Nur einmal noch wurde es während des langen Verhandlungstages still im Saal – als einer von uns, ich weiß nicht mehr wer, den Chef des Sachverständigenausschusses, einen weißhaarigen Professor der Literatur, mit kalter Stimme zurechtwies: Um der Würde seines Titels willen möge er die windigen Interpretationen unserer Texte endlich einstellen ... Es wurde totenstill, ich dachte erschrocken: Der Aufruf war eindeutig. Er galt allen. Und er traf ins Mark. Auch den Major. Jetzt wird ihn nichts mehr von seinen Wutausbrüchen abhalten, dachte ich.

Ich sollte mich täuschen. Gründlich. Die Belehrung kam von einer Seite, die keiner vermutet hatte.

Und sie kam nachdrücklich. Das Folgende ereignete sich:

Während der sechzehn Stunden – die ich als Beweis der Hartnäckigkeit und Unbeirrbarkeit unserer Gegenwehr verbuche – hatte sich die gesamte Gerichtstruppe für eine Ruhepause zurückgezogen. Ihre Vertreter, um nichts weniger giftig, hatten ohne Frage den Auftrag, uns – denen keine Entspannung vergönnt worden war – für die Geständnisbereitschaft zu zermürben. So kam es, dass der Major, als er nach einer Stunde wieder den Saal betrat, gemeinsam mit dem Staatsanwalt, kaum dass sie sich gesetzt hatten, die Sache mit einer Tollheit dem Ende entgegentrieb, die alles überbot, was wir bisher erlebt hatten, erst recht, da wir nur halbe oder gar keine Geständnisse abzulegen bereit waren. In der aufgeladenen Stimmung kam dann auch der Augenblick der Urteilsverkündung. Sie als feierlichen Akt zur Kenntnis zu nehmen, wurden alle aufgerufen, sich von den Plätzen zu erheben.

Es war mittlerweile Nacht geworden. Eine jener angenehm warmen, vom Geruch vergilbender Blätter in den nahen Mischwäldern, der Bäume und Sträucher auf den Bergen ringsum erfüllten Frühherbstnächte, die jedem Bewohner dieser Stadt als eines der Jahreszeitenmerkmale bekannt und vertraut sind. Wegen der verbrauchten Luft in dem von der Tribunaltruppe, den beobachtenden Securitate-Offizieren und Parteiaktivisten, den wenigen Journalisten, bewaffneten Wachposten und uns Angeklagten besetzten Saal hatte der Gerichtsmajor die Fenster öffnen lassen. Da waren nicht nur die satten Gerüche der Bergwälder in den Raum geströmt, sondern mit ihnen auch die Stille des gegenüberliegenden Stadtparks und die letzten, fernen Geräusche auf Straßen und Plätzen, in denen es zur späten Stunde kaum noch Verkehr gab.

Bis zum Umfallen ausgelaugt von der Dauer des Verfahrens und vergeblichem Anrennen gegen das Unabänderliche standen wir fünf in der von einem hüfthohen Holzgatter eingefassten Box und blickten zur uniformierten Clique des hohen Gerichts hinauf. »Im Namen des Volkes«, hörte ich den im Funkeln der Orden und Schnallen aufgereckt stehenden Major in selbstgefälligem Ton sagen, »im Namen des Volkes ergeht folgendes Urteil …«

Bis in die letzte Faser hellwach, hielten wir den Atem an, keine Silbe durfte uns entgehen. Jeder bedachte in diesen Augenblicken die Folgen des Spruches, der auf unabsehbare Zeit hinaus unser und das Leben unserer Familien bestimmen würde – die Auswirkungen auf uns, auf Ehefrauen und Kinder, Eltern, Geschwister, Freunde. Abgekämpft beobachtete ich, wie der sorgfältig rasierte und gekämmte athletische Mann noch einmal Luft holte, um die entscheidenden Sätze mit Nachdruck vorzulesen. Seine glatten, gebräunten Wangen glänzten im Licht der über ihm hängenden Deckenlampe.

Ich sah die Fingernägel seiner rechten Hand kurz leuchten, als er die Mappe mit den Prozessakten aufschlug, die er vor sich hielt. Doch anstatt der sonoren Stimme erreichte uns in dieser Sekunde nicht der Inhalt des Richterspruchs, sondern der erste der Mitternachtsschläge vom Turm der nahen Schwarzen Kirche.

Breit und in gemessenem Abstand fluteten die Glockenklänge von dem nur wenige hundert Meter entfernten großen dunklen Gotteshaus im alten Stadtkern herüber und in den Saal herein. Ich fühlte die Schwere am ganzen Körper, mit der sie bis in den letzten Winkel drangen. Nach den vier hellen die volle Stunde anzeigenden die zwölf tiefen und ruhigen Schläge der Nachtwende, die der vom Zahnradwerk im Turmgebälk ausgelöste Metallbolzen aus der berühmten großen Glocke hämmerte. In unbeirrbarem Gleichmaß kamen sie bei uns an. Ihre Wucht umhüllte und durchschauerte uns, die wir uns wie auf einen geheimen Befehl in ihrer Erwartung von den Bänken erhoben hatten und nun unbeweglich verharrten. Mit ihrem abgründig grollenden Vibrieren waren sie wie ein unerwartetes Erdbeben da. Sie rollten über uns hinweg und durch uns hindurch, sie ergossen sich am Gerichtsgebäude vorbei durch Straßen, Plätze, Gärten und über die letzten Häuser der Stadt hinaus ins schlafende Land … Ungerührt von den Händeln der Menschen. Vom Spruch der Mächtigen. Von der Ohnmacht der Wehrlosen …

109

Wie hatten die Glocken von diesem Turm in jener Nacht des Jahres 1689 geklungen, schoss es mir durch den Kopf, als die Stadt in vierundzwanzig Stunden niederbrannte? Als der massige, hohe Kirchenbau wie eine lohende Riesenfackel über die brennenden Dächer, die schreiend durcheinanderrennenden Menschen und die wild zwischen den flammenden Häuserreihen umherjagenden Pferde und Hunde emporragte? Als der bergumschlossene Talkessel vom Klostertor und den Basteien und Türmen im Südosten bis hinauf zum Katharinentor im Nordwesten, von den doppelreihigen Wehrmauern und -türmen zum offenen Hochland hin bis zu den Mauern der Graft hinauf wie ein Glutbecken im Fallwind der Berge unter dem dunklen Himmel lag? Als die Wohnungen der Familien, die Werkstätten der dreißig Zünfte, die Lagerräume der Kaufleute verkohlten? Als das goldene Uhrwerk vom Rathausturm stürzte und schmolz, die unersetzlichen Inkunabeln, Handschriften und Karten der weithin gerühmten Bibliothek der großen Humanisten dieser Stadt in Schutt und Asche sanken? ... Alles verbrannte in der dreischiffigen Halle des Kirchenbaus – bis auf das metallene Taufbecken. Das Dröhnen, Klirren und Heulen der mit den verglühenden Balkenträgern niederbrechenden Glocken soll in unheimlichen Lauten aus dem Turminnern zu den verschreckten Menschen hinausgedrungen sein ... Das war vor genau zweihundertsiebzig Jahren, fiel mir plötzlich ein, als ich bei den letzten Mitternachtsschlägen dem Major in die Augen sah.

Niemals werde ich Blick und Gesicht des uniformierten Mannes in der Mitte des Richterpodiums vergessen. Er hatte uns einen Tag und eine halbe Nacht lang gejagt, gehetzt und gedemütigt. Jetzt starrte er mich mit halb geöffnetem Mund an.

Der noch vor Minuten Furcht und Angst verbreitet hatte, sah aus wie der Hilfloseste der Hilflosen. Denn was *uns* in den endlosen Stunden des Schlagabtauschs mit ihm nicht gelungen war – ihn zum Einhalten, zum Zuhören zu bewegen –, das brachten jetzt für uns die Schläge vom Turm in der alten Stadtmitte zustande. Unübersehbar in den Augen des verstummten Mannes der Ausdruck von Bestürzung und Erschrecken. Wie schon einige Male während des Verfahrens, war er auch jetzt von der Lage überrascht worden. Dieses Mal aber ohne die Möglichkeit, hämisch zurückzuschlagen. Ich sah seine Hände mit den Papieren auf die Tischplatte vor ihm niedersinken, immer noch starrte er mich an, als sähen wir uns zum ersten Mal. In der alles beherrschenden Gegenwart der Glockenschläge war er sich der Umstände zu spät bewusst geworden – der letzte nachschwingende der zwölf Schläge erreichte ihn ebenso unvorbereitet, wie es der erste getan hatte.

Als er danach in der merkwürdig brüchigen Stille die Urteile verlas, wirkte er umgetrieben, seine Stimme klang zerfahren, als habe er die Herrschaft über sie verloren. Der Spruch, den wir zu hören bekamen, bescherte uns die Schwindel erregende Zahl von insgesamt fünfundneunzig Gefängnisjahren. Bis zur letzten Silbe seines Textes hatten die Glockenklänge den Mann in die Schranken gewiesen. Sie hatten den Einbruch in seine anfällige Welt von Gnaden der Ungeheuer bedeutet. –

Die meisten Einzelheiten jener geisterhaften sechzehn Stunden vor dem Kronstädter Militärtribunal im Herbst anno 1959, zweihundertsiebzig Jahre nach dem legendären Stadtbrand, vergaß ich. Nicht jedoch die Minute, in der mir die Mitternachtsschläge vom Turm der Schwarzen Kirche mit einem Mal Erregung und Druck nahmen und mir eine vollkommene innere Ruhe schenkten. Sie lehrten mich bedenken, dass nicht der Mensch das letzte Wort hat. Und vielleicht, sage ich mir heute, vielleicht hatte sie der bald nach jenem Gerichtstag auf dem Operationstisch einer Klinik verblutende Major als letzten Hinweis auf die Frevelhaftigkeit seiner Umarmung mit der Lüge verstanden.

Warum denn sonst, frage ich mich, hatte er sie verstört wahrgenommen?

Die Flucht
oder
Die Macht der Musik

»GRAZIELA AMALANTA ist eine begnadete Harfenspielerin«, hörte ich einen unserer Dirigenten gelegentlich sagen. Als sie sich nach Absolvierung des
Studiums am Klausenburger Musikkonservatorium
um die frei gewordene Harfenistenstelle des Kronstädter Staatlichen Opern- und Operettentheaters
bewarb, war sie noch keine zwanzig Jahre alt. In der
hintersten Stuhlreihe des leeren, halb abgedunkel-
ten Aufführungssaales sitzend, hatte ich ihrem Vorspiel gemeinsam mit einigen Kollegen beigewohnt;
nur vorne waren die Köpfe der Prüfungskommissare
zu sehen gewesen. Wir hatten ihr begeistert Beifall
gespendet und waren zu ihr auf die Bühne
gestürmt, noch ehe sie die Schutzhülle über das
Instrument gezogen hatte.

Erst aus der Nähe war mir das Zierliche, fast Zer-
brechliche ihrer Gestalt aufgefallen. Ich staunte
nicht wenig, als mein Blick auf ihre knabenhaft
schmalen Hände fiel und ich an die Kraft und
Sicherheit dachte, mit der sie soeben noch einige
Stücke des Portugiesen Manuel Rodriguez Coelho
aus dem Instrument gezaubert hatte, der Saal hatte
wie ein Klangkörper auf die Töne reagiert. Zugleich
war mir der Anhauch des Orientalischen in ihren

113

Gesichtszügen aus der Nähe aufgefallen. Der Schnitt der feinrückigen, leicht gebogenen Nase im schmalen Gesicht, die dunklen Augen unter den genau gezogenen Brauen erinnerten mich an die Bildnisse vornehmer Perserinnen oder Byzantinerinnen. Noch wusste ich nicht, welche Bewandtnis es damit hatte.

Schon bei den ersten Sätzen unseres lebhaften Gesprächs, als wir nach ihrem Vorspiel zu fünft in einer Cafeteria saßen und den Beginn ihrer Berufslaufbahn feierten, wurde mir klar, dass die Entschlossenheit und Verlässlichkeit in der Beherrschung des Doppelpedal-Instrumentes bis hin zur verborgensten Tondosierung auch die Hauptmerkmale ihres Wesens ausdrückten. Und schon während der ersten Viertelstunde unserer Bekanntschaft gewann Graziela meine Sympathie. Sie war klug, schlagfertig und gradlinig – ein Kumpel, stellte ich fest.

In der Folge ließ sie keinen Zweifel an ihrer Absicht, in der Provinzbühne nur das Sprungbrett für den weiteren Weg als Musikerin zu sehen. Sie tat das auf eine für die meisten kaum merkliche Art. Doch ich beobachtete – der ich ihr um vieles ältere Bruder hätte sein können –, dass hinter ihrer beharrlichen Arbeit am Instrument mehr steckte als der Wille zur täglichen Vorbereitung für die auf dem Programm unserer Bühne stehenden Werke, denen sie ohnehin mühelos gewachsen war. Da sie die Harfe nicht wie eine Violine, Flöte oder Trompete beliebig unter dem Arm von hier nach dort mit sich nehmen konnte, sie vielmehr immer in einer Ecke des Orchestergrabens stehen ließ, übte sie an den dienstfreien Vor- und Nachmittagen oder Abenden bis in die Nachtstunden im Theater – wie mir einer der Pförtner sagte. »Manchmal bis Mitternacht«, hatte er bewundernd hinzugefügt.

Als ich an einem aufführungsfreien Abend das Theatergebäude betrat, um mir aus der Musikergarderobe die liegen gelassenen Handschuhe zu holen, überraschte ich sie während einer der Übungsstunden. Schon aus dem Foyer hörte ich die Klänge ihres Instrumentes, nachdem mir der Pförtner bereits im Vorraum mit auf den Mund gelegtem Zeigefinger gesagt hatte: »Sie übt. Sie will nicht gestört werden.« In der ungewohnten Stille des Hauses klangen die Harfentöne wie ein geheimnisvolles Raunen und Rauschen, das mir von allen Seiten zuströmte.

Die schmale Tür vom Garderobenraum zum Orchestergraben war nur angelehnt, so dass ich die junge Frau bequem beobachten konnte; mit dem Rücken mir halb zugekehrt, saß sie vor dem Notenständer. Ich zog mir leise einen Stuhl heran und genoss von Minute zu Minute gefesselter das Bild, das sie bot. Da ich ihr ziemlich nahe saß, konnte ich Noten und Schrift der Blätter lesen, die auf dem Holzgestell vor ihr lagen. Am oberen Rand des Blattes stand in Großbuchstaben: Maurice Ravel.

Graziela wirkte wie mit dem Instrument verwachsen. Ihr vorgeneigter Oberkörper und die halb über die Saiten gestreckten Arme schienen die Harfe umschlingen, ja in sich auf- und hineinnehmen zu wollen. Nach jedem Anreißen der Saiten federten ihre Hände, ehe sie wieder mit zugreifenden Fingern vorschnellten, auf eine Weise aus den Handgelenken entspannt zurück, dass es den Eindruck erweckte, die Tonfolgen würden nicht dem Resonanzkasten des Instruments, sondern den Händen entquellen, ehe sie sich gleich schwerelos schwebenden unsichtbaren Sturzbächen in alle Richtungen ergossen. Zwar wiederholte Graziela schwierige Passagen immer wieder, sie unterbrach sich, neigte sich vor, las und redete halblaut mit sich selber. Doch ihr Spiel hatte mich so sehr gefangen genommen, dass ich keine der Wiederholungen als ermüdend empfand. Mich beschäftigte die Verwandlung ihrer Hände: Sie tauchten ins Klanggewoge ein, als würden sie sich darin auflösen, sich mit den Tönen vermischen und diese in atemberaubender Schnelligkeit und Genauigkeit aus den tiefen, an den Nachhall von Glockenschlägen erinnernden Lagen in glitzernde Höhen emporheben und durcheinanderwirbeln. Ich meinte schließlich, die Töne kämen gar nicht aus dem Musikinstrument, sondern seien bald ungestüme, bald sanfte Harmonieschauer, in deren Mitte sich die Spielerin wie in Traumerlebnissen bewegte. Ich lauschte mit immer wieder angehaltenem Atem.

Plötzlich unterbrach Graziela das Spiel, sie griff in die neben dem Stuhl liegende braune Ledertasche und holte ein zerknautschtes Notenheft hervor. In sich zusammengesunken hielt sie es eine Zeit lang in den Händen, dann richtete sie sich mit einem Ruck auf, legte es auf das Pult und strich zweimal darüber. Ehe sie es aufschlug, las ich auf dem Umschlag: Paul Hindemith, Sonate für Harfe.

Sieh an!, dachte ich fast erschrocken – Angst kennt die keine, die will das Schwierigste, das Äußerste … Sie schob sich auf dem Stuhl nach vorne, schüttelte die Arme kurz aus den Schultern und hob sie. Ich sah sie jetzt aus dem Halbprofil von hinten. Noch niemals war mir die Kühnheit ihres Gesichtsschnittes aufgefallen, die sich in der Linie ihrer Nase, der Lippen und des Kinnes ausdrückte.

In diesem Augenblick wendete sie sich um und sah mich an. Vielleicht hatte sie meine Bewegung auf dem alten Stuhl gehört. Sie lachte, rief: »Komm näher« und rückte ihren Stuhl etwas zur Seite. Noch ehe ich meinen Stuhl neben sie stellte, sagte sie unvermittelt: »Nein, nein, die Harfe ist kein perfektes, aber sie ist ein komplexes Musikinstrument.«

»Wie meinst du das?«, fragte ich.

»Hör nur«, antwortete sie und riss eine kurze Ton- und Akkordreihe in den tiefen Registern an, »klingt das auf den Darmsaiten nicht wie ein dunkles Brausen?«

»Ja«, sagte ich.

»Und hier oben«, fuhr sie fort und griff in die Saiten der hohen Tonlagen, »hört sich das an wie Zwitschern, wie Klirren, als wenn einer Kieselsteine gegeneinander schlägt?«

»O ja«, sagte ich.

»Kein anderes Instrument«, fuhr sie lebhaft fort, »kennt diese Unterschiede der Sprache zwischen tiefer und hoher Tonlage.« Ich nickte. »Wenn du auf deinem Cello in den oberen Lagen der A-Saite und ein paar Oktaven tiefer auf der C-Saite spielst«, sagte sie, »spricht dein Instrument wohl in unterschiedlichen Tonhöhen, aber immer in derselben Sprache. Das gilt für Violine, Klavier, Klarinette und die anderen. Aber meine Harfe klingt so, als sei sie in den tiefen Bereichen ein anderes Instrument als in den hohen. Ich muss also mit den Darmsaiten unten anders umgehen als mit den hohen Stahlsaiten, um die Einheit der Sprache zu wahren. Und das ununterbrochen.«

Graziela schwieg und presste die Lippen zusammen. Ich spürte ihren Willen, die Abweichungen in der Sprache ihres Instrumentes zu meistern.

Mit einer heftigen Bewegung hob sie den Kopf und sah mir gerade in die Augen. »Hast du den Spanier Nicanor Zabaleta einmal auf der Harfe gehört?«

Ich schüttelte den Kopf. »Nein. Wo denn? … Ich kenne nur seinen Namen.«

Grazielas Augen verdunkelten sich, als sie ungehalten erwiderte: »Das – genau das ist es ja!« Ihre

Stimme zitterte vor Zorn. »Ich habe Zabaleta nur auf einer Langspielplatte gehört. Als Kind. Aber da habe ich beschlossen, Harfenspielerin zu werden. Warum lässt man mich nicht zu ihm, um ihn zu fragen, wie er es macht, dass die Sprache seiner Harfe, einer Horngacher, wie aus einem Guss klingt? ... Warum sperren die mich in diesem Land ein und stehlen mir mein Leben? Ich will nichts weiter als Harfe spielen und mir vom großen Meister Rat holen, wie ich es am besten anfange ... Und du? Wieso hockst du gottergeben am Cellistenpult, als hättest du nur den Wunsch, dort dein Leben zu beschließen? ... Gestern Nacht hörte ich auf BBC den Text einer Schrift des russischen Physikers Andrej Sacharow. ›Von geistiger Freiheit.‹ Oder ähnlich ... Ob sie ihn deswegen einsperren? Die sind zu allem fähig. Genau das ist es, genau das.«

Graziela hatte zum Schluss fast geflüstert. Jedoch mit einer Eindringlichkeit, dass ich meinte, die ganze Welt hörte sie. Die vollen dunklen Haare waren ihr von einer Seite ins Gesicht gefallen. Sie strich sie mit einer unwilligen Bewegung zurück und richtete sich auf.

»Ich hocke am Cellistenpult«, sagte ich, »weil mir nach fatalen Unstimmigkeiten mit den Zerberussen der Unterwelt dieses Gefängnislandes nichts anderes übrig blieb. Aus gar keinem anderen Grund. Ich bin nicht Musiker von Beruf wie du ... Doch auch ich hätte für mein Leben gern den phänomenalen

Pablo Casals nicht nur als Musikkonserve, sondern mit dem Cello im Konzertsaal gehört. Nein«, sagte ich, »nein, ich hocke nicht gottergeben da. Und ich hätte nicht gezögert, Andrej Sacharows Text mit zu unterschreiben. Egal, was dabei herausgekommen wäre … Bist du jetzt im Bild?«

»Ach«, sagte sie und blickte mich erstaunt an, »so ist das mit dir? … Ich verstehe … Eigentlich hätte ich's mir denken müssen … Ich wusste ja nichts von dir! Jetzt weiß ich wohl eine Menge.« Sie neigte sich rasch zu mir und flüsterte mir ins Ohr: »Wer von uns beiden als erster ausbricht, hilft dem andern nachzukommen, ja?«

»Ja«, flüsterte ich ihr ins Ohr, »und dass du BBC hörst, behalte für dich. Sonst kommst du gar nicht erst dazu, auszubrechen.«

Dann spielte sie die Sonate des rebellischen Komponisten. Die Klänge geisterten durch die dunkle Leere des Theatersaales. Es war, als säßen ringsum unsichtbare Gestalten und starrten uns an – zu erschrocken wegen des soeben Gehörten, um dem meisterlichen Spiel der jungen Frau Beifall zu spenden. Erst gegen Mitternacht verließen wir das Gebäude – mit dem Gefühl, ohne viele Worte einen Bund geschlossen zu haben. Die Handschuhe vergaß ich zum zweiten Mal in der Musikergarderobe.

Niemals bis dahin hatte ich mit Graziela über Fragen der politischen Lage gesprochen, in der wir uns hinter dem Eisernen Vorhang befanden, über unsere Gefühle, unsere Ansichten dazu. Nicht einmal andeutungsweise. Auch niemals über Persönliches, über Lebensvorkommnisse. Es waren Zeiten, in denen jeder es vermied, zu viel von sich preiszugeben. Kein Wort hatte ich je über die hinter mir liegenden Gefängnisjahre verloren, über meine heftige Abneigung gegen die Gewaltherrschaft, der das Land ausgesetzt war. Oder darüber, dass meine Familie »im Westen« lebte, wohin zu gelangen mein ganzes Trachten war. »Ausbrechen«, hatte sie gesagt. O ja, ausbrechen!

Hatten mich schon Spontaneität und Unumwundenheit ihrer Offenbarung erstaunt, so verblüffte mich während der folgenden Tage die Kaltblütigkeit, ja die Kaltschnäuzigkeit, mit der sie im Beisein der Freunde durch keinen Blick und keine Bemerkung etwas vom Gespräch jener Nacht verriet. Das ging so weit, dass ich meinte, sie möchte die Erinnerung daran getilgt wissen. Ich machte mir Vorhaltungen, mit meiner Selbstentlarvung unvorsichtig gehandelt zu haben. Wieso habe ich diesem jungen, temperamentvollen Wesen bedenkenlos vertraut?, warf ich mir vor, ich weiß nichts über Grazielas Familienhintergrund, über ihr Leben vor dem Zeitpunkt unserer Bekanntschaft, ihre Erfahrungen. Allein die gediegene Bildung lässt mich auf einiges schließen – doch das besagt noch nichts. Dessen ungeachtet beeindruckte mich ihre Selbstbeherrschung: der Wille, der aus dieser sprach, die entschiedene Zielgerichtetheit.

Zugleich aber beschäftigte mich mit zunehmender Eindringlichkeit eine Frage, die meine Neugier aus einem ganz anderen Grund reizte und meine Selbstvorwürfe fast zu überlagern begann: Woher wächst der jungen Frau die Kraft dieser deutlich spürbaren Unbeirrbarkeit zu? Das ist nicht nur jugendliche Lust an der Auflehnung, sagte ich mir, das sitzt tiefer, es ist mehr. Ich hatte das Gefühl, dass im Umgang mit der Frage der Freiheit, um die es hier ja ging, eine alte, eine ererbte Weisheit aus ihr sprach. Und obgleich mich das Leben gelehrt hatte, jeder Art Äußerlichkeit zu misstrauen, wurde mir, sosehr ich mich dagegen sträubte, als Nächstes eine Verbindung dieses Gefühls mit der fehlerlosen Erscheinung ihrer Gesichtszüge bewusst: Es gab in ihnen nicht die geringste Verschwommenheit, keinerlei Verwischung des Ausdrucks, kein Zeichen der Mehrdeutigkeit. Nein, Graziela war keine Schönheit – doch was schon ist Schönheit gemessen an solcher Klarheit? Sie kommt nicht von ungefähr, grübelte ich.

Seit dieser Entdeckung beschäftigte mich die Harfenspielerin Graziela Amalanta mehr denn je.

Eine Probe ihrer Instinktsicherheit erhielt ich am Tag vor meiner überraschenden, durch nichts angekündigten endgültigen Ausreise aus dem Land. Als hätte sie diese untrüglich gewittert, fragte sie mich in der letzten Pause einer »Rigoletto«-Aufführung während eines unbeobachteten Augenblicks: »Hast du einen Plan?« Im Weitergehen wendete sie sich kurz um. Ich nickte. In diesem Augenblick hatte weder sie noch ich eine Ahnung davon, dass mein Plan schon am nächsten Tag aufgehen sollte – wenn auch anders, als ich es mir vorgestellt hatte: Ich wurde von drei Offizieren des Staatssicherheitsdienstes in meiner Wohnung besucht, von den Herren in ihren Wagen gebeten, von ihnen eskortiert zum Bukarester Flughafen gebracht und in eine Passagiermaschine mit westlichem Bestimmungsort gesetzt. Derlei Unvorhersehbarkeiten gehören zu den Spielregeln von Gefängnisstaaten; Einzelheiten tun hier nichts zur Sache. Wenige Stunden später verließ ich in Frankfurt am Main das Flugzeug. Drei Tage danach traf ich in München ein, meinem künftigen Wohnort. –

Das folgende Jahr war ausgefüllt mit Vorgängen der Sesshaftwerdung im neuen, ungewohnten Vaterland. Alles, was hinter mir lag, rückte in weite Ferne. Der Augenblick und die Stunde wollten gemeistert, das oft bestürzend Fremdartige wollte begriffen und verarbeitet werden – auch die nach vielen Jahren der Trennung erforderliche Gewöhnung an Frau und Kinder. Das Empfinden, auf einem anderen Planeten ab- und ausgesetzt worden zu sein, hatte zugleich Befreiendes wie Beklemmendes. Und ich wollte, ich musste mich ja in dieser überall auf Schnelligkeit, in vielem auf Rücksichtslosigkeit angelegten Umgebung behaupten. In den Hetzjagden des Tages erschienen mir die zurückgelassenen Freunde immer mehr wie Gestalten hinter Nebelschleiern – unwirklich, schattenhaft. Auch die Harfenspielerin Graziela Amalanta, die junge Frau mit dem geraden Blick der dunklen Augen, dem klaren Gesichtsausdruck und dem Zorn im Herzen.

Erst nach einem Jahr war ich so weit, mich unseres im nächtlichen Theater geschlossenen Bundes zu erinnern. Die Gedanken daran stellten sich ohne mein Zutun im richtigen Augenblick ein.

Denn als ich nach einem ermüdenden Tag, an dem mir auf eine verwunderliche Weise einige Male Grazielas Bild fast überdeutlich vor Augen gestanden hatte, zu Hause eintraf, läutete das Telefon, kaum dass ich den Mantel abgelegt hatte. Ich erkannte die Stimme bei der ersten Silbe – es war die Stimme Grazielas, sie klang, als stünde die Sprecherin neben oder vor mir. »He«, sagte sie einigermaßen außer Atem, »ich bin in Wien. Kannst du mich holen? Ich meine, kannst du mich da rausholen? Die wollen mich wieder zurückschicken. Bitte beeil dich! Sie haben uns die Reisepässe abgenommen. Bring einen Frauenpass mit. Die Bukarester Politruks lassen uns keine Sekunde aus den Augen. Komm heute Nacht, bitte … Sei vorsichtig! Wenn du hier bist, erzähl ich dir alles. Wir sind in einem Studentenheim untergebracht. Du findest mich …« Sie nannte Straße und Hausnummer, sagte noch kurz: »Wir haben doch eine Abmachung, oder?«, dann war die Stimme weg.

Ich brauchte einige Minuten, um meine Gedanken zu ordnen, einen Kaffee zu kochen und ihn in die Thermosflasche zu füllen. Ich steckte den Reisepass meiner Frau ein, die sich für zwei Tage bei einer Freundin aufhielt, ich tat es halb zögernd, halb entschlossen, sagte den Kindern, dass ich die Nacht in einer wichtigen Angelegenheit außer Hauses zubringen müsse – und fuhr in der Abenddämmerung auf der Salzburger Autobahn in Richtung Wien. Ich verspürte nicht einen Hauch von Müdigkeit mehr. Ja, wir haben eine Abmachung, dachte ich, ja, sie gilt.

Eine Stunde vor Mitternacht sah ich die ersten Lichter Wiens. Ich durchfuhr – bei geringem Verkehr – den Hietzinger Kai, erreichte über die Schlossallee die Mariahilferstraße und im fünfzehnten Bezirk südlich des Westbahnhofs halb zwölf Uhr die kleine, schmale Gasse, die mir Graziela bezeichnet hatte. Am Anfang der Sechshauser Straße ließ ich den Wagen in Richtung Westausfahrt stehen. Durch das von wenigen Neonlampen erhellte Dunkel ging ich langsam den von parkenden Autos verengten schadhaften Gehsteig entlang und suchte auf der anderen Straßenseite die von Graziela genannte Hausnummer. Es war still. Außer meinen Schritten war nichts zu hören. Schließlich sah ich über der Straße den drei Stockwerke hohen Gebäudekomplex. Ich blickte durch die geöffnete breite Toreinfahrt in einen unbeleuchteten Hof, dessen Pflaster ich mehr ahnte als sah. Kein Fenster der inneren Hausfronten war erleuchtet. Ich stellte mich in den Schatten eines Lieferwagens und beobachtete den nach hinten leicht abfallenden Hof. Dann pfiff ich unser früheres Erkennungssignal – das Nibelungenmotiv aus dem »Ring«. Es klang wie eine Folge heller Pistolenschüsse. Bald darauf ging im Erdgeschoss auf der rechten Hofseite Licht an und erlosch nach wenigen Sekunden. Hatte ich danach eine geduckte Gestalt unter dem Fenster gesehen? Da es still blieb, vergewisserte ich mich einige Minuten lang, allein zu sein. Ich ging ein Stück straßenaufwärts, überquerte die Fahrbahn und näherte mich vorsichtig der Toreinfahrt. Dabei stieß ich mit dem Fuß gegen eine Regenrinne und erschrak vor dem blechernen Geräusch, das durch die Stille geisterte. Ich erreichte die Torecke. Die Hauswände rings um den Hof sahen aus, als hätte sie jemand mit Tusche auf den Lichtwiderschein über der Stadt gemalt. Ich beugte mich vor, um noch einmal zu pfeifen. Noch ehe ich den Knacklaut hinter mir hörte, legte sich mir ein Arm um Schultern und Brust, und eine Hand presste mir den Mund zu. »Wo steht dein Wagen?«, flüsterte Graziela, »schnell, schnell! … Bevor sie merken, dass ich weg bin.«

Graziela war trotz der Frühjahrskälte barfuß. Sie trug die Schuhe in der Hand und hatte weder Mantel noch Jacke an.

»Schnell«, flüsterte sie noch einmal, während wir abwechselnd durch Schatten und düstere Lichtkegel der Sechshauser Straße zu eilten. Außer Atem stiegen wir in den Wagen. Ich sah, dass sie am ganzen Körper zitterte. »Schnell, schnell«, sagte sie immer wieder. Ich wusste, dass es keinen Sinn hatte, beruhigend auf sie einzureden. »Schnell, schnell!« Das Einzige, was jetzt zu tun blieb, war der kürzeste Weg aus Wien hinaus.

Da es kaum noch Verkehr gab, erreichte ich nach wenigen Minuten die Penzinger Straße und fuhr bald danach die lange Schleife westwärts in die ersten Höhen des Wienerwaldes hinauf. Im Wagen war es warm geworden. Graziela blickte sich immer wieder um. Ich hatte mit einem Griff die Kamelhaardecke vom Rücksitz geholt und sie ihr gereicht. Ohne ein Wort zu sagen, hatte sie sich in die Decke gewickelt und auf dem Sitz zusammengekauert. Erst als wir rechts die Lichter des Benediktinerstiftes Melk sahen, wurde sie ruhiger; sie blickte auch nicht mehr angestrengt zurück. Die Autobahn war fast leer. »Es folgt uns niemand, erzähl«, ermunterte ich sie.

»Vorgestern«, sagte sie, »vorgestern habe ich den internationalen ORF-Musikwettbewerb im Fach Harfe gewonnen.« Sie sah mich lange von der Seite an. »Du hast dich nicht verändert«, fügte sie nach einer Pause hinzu.

»Warum sollte ich?«, antwortete ich lachend, um sie aus der Angespanntheit zu locken, »du hast brilliert, wie ich dich kenne.« Es glückte. Sie lachte kurz und gelöst auf. »Und?«, fragte ich.

»Wir waren zu sechst. Außer mir zwei Geiger, ein Trompeter, ein Klarinettist, eine Cellistin. Alle aus Bukarest. Sie sind leer ausgegangen und fahren morgen zurück.«

»Ich gratuliere«, sagte ich.

»Danke.«

»Und jetzt?«

»Ich gehe nicht mehr zurück! Nie mehr«, sagte sie, »so wie du.«

»Auch du hast dich nicht verändert«, sagte ich, »zieh endlich deine Schuhe an.«

»Ach ja«, erwiderte sie, »die Schuhe … Weißt du, was ich vorgespielt habe?«

»Nein.«

»Wieso weißt du das nicht? Natürlich die Hindemith-Sonate. Du erinnerst dich doch … Ich hatte ein ausgezeichnetes Kammerorchester zur Verfügung.«

»Wo war das?«

»Im Mozart-Saal des Konzerthauses.«

»Draufgaben?«

»Den schnellen Satz aus dem B-Dur-Konzert, das Händel für William Powell schrieb, und ein Couperin-Allegro.«

»O ja! Auf die Alten ist immer Verlass.«

Sie lachte. »So alt bist du ja gar nicht.«

»Nein. Aber du musst dich jetzt auch auf mich verlassen können.« Wir lachten beide.

Es hatte zu nieseln begonnen. Ich schaltete die

Scheibenwischer ein. »Graziela«, sagte ich, »wir haben uns noch nicht begrüßt. Es ist über ein Jahr her.«

Sie überlegte, dann beugte sie sich rasch zu mir herüber, gab mir einen Kuss auf die Schläfe und sagte: »Hallo! … Ich wusste, dass du mich rausholen wirst. Danke.«

»Klar«, ich nickte, »aber du musst mir jetzt mehr dazu sagen.«

Wir fuhren eine Viertelstunde lang, ohne ein Wort zu wechseln. Dann fragte sie:

»Bist du sicher, dass keiner hinter uns her ist?«

»Ich bin mir sicher. Und selbst wenn – das ist jetzt meine Sache. Du hast ja die Angelegenheit in eurem Quartier richtig eingefädelt. Wie hast du's angestellt?«

»Sie haben uns drei Politruks vom Sicherheitsdienst mitgegeben, von der Securitate. Noch bevor wir aus dem Land heraus waren, haben die uns die Reisepässe abgenommen. Wir durften gerade mal unbegleitet aufs Klo. Ansonsten waren sie Tag und Nacht hinter uns her. Wie die Kletten. Was hätten wir ohne Pass schon machen können?… Hast du mir einen Pass mitgebracht?«

»Den meiner Frau.«

»Zeig ihn mir.«

»Er ist im Handschuhfach vor dir.«

Sie suchte. Dann bat sie: »Machst du bitte eine Lampe an?«

Im Licht der kleinen Birne halb über, halb vor ihr sah ich jetzt zum ersten Mal ihr Gesicht deutlicher als bisher. O ja, dachte ich, die Genauigkeit des Profils, des Blicks, der Nasen- und Lippenlinien, der Brauen, das volle dunkle Haar. Sie hatte den Pass aufgeschlagen und musterte das Foto darin. »So sieht deine Frau aus!«, sagte sie, »ich hatte sie mir anders vorgestellt. Ob die an der Grenze bemerken, dass ich das nicht bin?«

»An welcher Grenze, bitte?«, fragte ich.

Wieder war es eine Zeit lang still. Nur das Summen der hin und her pendelnden Scheibenwischer und das Rauschen der Reifen auf der nassen Asphaltdecke waren zu hören. Die eintönigen Geräusche wirkten beruhigend. Ich gestand mir ein, dass mich nach und nach eine angespannte Neugier zu beherrschen begann. Was hat sie vor? Graziela wendete sich halb um und blickte lange hinter sich.

»Ich musste durch ihr Zimmer«, sagte sie, »die Schuhe hatte ich im Flur versteckt. ›Ich muss mal‹, sagte ich, ›schlaft ihr ruhig weiter, ich bin gleich wieder da.‹ Drei Minuten später erkannte ich dich auf der Straße.«

»Welche Grenze meinst du, Graziela?«, fragte ich.

»Hör zu«, antwortete sie, »du bringst mich jetzt aus Österreich raus nach Deutschland. Wie du das anstellst, muss ich dir überlassen. In Deutschland erwartet mich der Manager des Boston Symphony Orchestra. Er sprach mich sofort nach dem Wiener

Wettbewerb an. ›Wenn Sie mich in den nächsten drei Tagen in München aufsuchen‹, sagte er mir, ›lege ich Ihnen einen Dreijahresvertrag für die erste Harfenistenstelle vor. Wie Sie nach Germany kommen? Well, ist das denn ein Problem?‹ … Boston!«, sagte Graziela bewundernd, »weißt du, was das für mich bedeutet? … Aus dem Gefängnisland raus und dann gleich zu den berühmten Bostonern! Nur zum Karajan und den Berlinern wäre ich lieber gegangen. Von denen war aber keiner da … Sind die Grenzkontrollen streng?«

Indem ich ihr zuhörte, dachte ich: O ja, Kühnheit lebt immer von einem Stück Wahnsinn, ich weiß. Ich sagte: »Jetzt hörst *du* mir zu, Graziela. Ja, ich habe einen Pass dabei, und ich habe keine Angst davor, mich mit dir und dem Pass meiner Frau den Grenzern zu zeigen, die dich, wenn sie uns auf der krummen Tour erwischen, in dein schönes Vaterland zurückschicken, wo du dann einige Jahre im Knast hocken wirst, und mich vor Gericht stellen; ich denke auch, dass es mir gelingt, dich durch die Grenzkontrollen hindurchzutricksen … Nein, ich habe ein anderes Problem: Ich will den Staat, dessen Bürger ich bin, nicht betrügen. Ich weiß, du wirst das verstehen. Ich bin aus dem kommunistischen Gefängnisland weg, weil ich Beschiss und Gaunerei, Machtarroganz und Fesselung der Machtlosen nicht mehr ertragen konnte noch wollte. Sagen wir: Weil mich das Banditentum des Staates und die Schamlosigkeit seiner Lügen krank machten und ich nicht noch mal in den Knast wollte. Verstehst du das? … So, und jetzt hilf mir, eine Begründung dafür zu finden, dass ich dich guten Gewissens über die Grenze schmuggeln kann. Hilf mir. Oder es geht nichts.«

Graziela lachte kurz und kaum hörbar: »Willst du mir weismachen«, fragte sie, »dass es in deinem Staat keine Halunken gibt? Du neigst nicht zum Pathos.«

»Nein«, erwiderte ich, »ich will nur nicht dazugehören.«

»Verzeih«, sagte sie, »ich wollte dich nicht beleidigen. Ich weiß, es geht nicht darum. Verzeih.«

Wir schwiegen. Wir näherten uns Linz. Es war zwei Stunden nach Mitternacht. »Reich mir die Thermosflasche aus dem Türfach«, sagte ich, »es ist heißer Kaffee. Trinkst du?« Graziela trank, füllte den Henkelbecher noch einmal und reichte ihn mir.

Noch ehe ich ihn an die Lippen setzte, strömte mir von der heißen Brühe ein zugleich betäubender und belebender Duft in die Nase. Beim Trinken hatte ich das Gefühl, den Kaffee nicht nur im Magen, sondern auch in den Finger-, in den Fußspitzen und im Hinterschädel zu spüren; er wirkte gleichermaßen wie ein wohliges Glühen und wie ein Frösteln, wie eine Innenmassage. »Ich fahre auf den nächsten Parkplatz«, sagte ich, »ein paar Schritte laufen, die Nachtluft atmen.« Graziela blieb im Wagen, während ich mir fast gierig den dünnen Regen ins Gesicht fließen ließ, die Arme ausbreitete und mir mit den nassen Handflächen kräftig über den Nacken strich. Als wir wenig später die Ausfahrt Regau hinter uns ließen, blickte ich sie erwartungsvoll von der Seite an. Das Scheinwerferlicht vor dem Wagen schien sich in die Nachtschwärze zu fressen, die sich sofort hinter uns wieder schloss, es war, als führen wir durch den Rachen eines ungeheuren Molochs, ständig in Gefahr, verschluckt zu werden. Einige Sekunden lang hatte ich das Empfinden, wir seien auf der Flucht vor ihm.

Plötzlich, als hätte sie meine Gedanken erraten, sagte Graziela: »Flucht … Wir sind immer auf der Flucht. Auch wenn wir es nicht wissen.« Noch ehe ich etwas erwidern konnte, fuhr sie fort: »Warst du einmal im Städtchen Gherla in Nordsiebenbürgen?«

»Du meinst das Renaissanceschloss, das Domenico da Bologna im sechzehnten Jahrhundert dort baute?«

»Nein, ich meine die armenische Kirche aus dem achtzehnten Jahrhundert. Für ihre Erbauung gab einer meiner Großväter – Chatschatur Amalanta – fast sein ganzes Vermögen her … Gherla hieß bis ins neunzehnte Jahrhundert ›Armenopolis‹, ›Stadt der Armenier‹. Vor den Persern, den Kurden, den Türken und weiß Gott vor wem sonst noch geflohene Armenier lebten dort. Die Letzten aus der Sippe der Amalantas flohen vor den Massakern von 1915,

1916 nach Siebenbürgen. Nach Gherla, wo ich geboren wurde. In der Familie heißt es, Franz Werfels Vorbild für den Armenierführer Gabriel Bagradian bei den Kämpfen am Musa Dagh im Roman ›Die vierzig Tage des Musa Dagh‹ sei ein Urgroßonkel von mir gewesen ... In die halbe Welt flohen die Armenier während einiger Jahrhunderte vor den Unterdrückungen, Verfolgungen, Massenmorden durch größere Völker. Es begann im dreizehnten Jahrhundert. Mit den Mongolen. Es setzte sich bis in unser zwanzigstes Jahrhundert fort. Mit den Türken. Wir wissen nicht, wie viele aus unserer Familie dabei das Leben verloren. Die Flucht – sie ist alles, was uns blieb, sie wurde uns zum Lebensgesetz. ... Brauchst du weitere Begründungen?«

Danach sprachen wir kein Wort mehr, bis wir links den Lichtschein von Salzburg sahen.

Wir trafen gegen vier Uhr an der österreichisch-deutschen Grenze ein. Der Regen war dichter geworden. Ich hatte Graziela angewiesen, sich in die Decke zu wickeln und sich schlafend zu stellen. Unter dem Vordach der Grenzstation standen mit hochgeschlagenem Mantelkragen der österreichische und der bayerische Grenzbeamte rauchend nebeneinander und unterhielten sich; der Bayer hatte gerade seine Zigarette am Stummel des österreichischen Kollegen angezündet, die beiden lachten. Ich hielt den Wagen keinen Meter entfernt vor ihnen an, erwiderte den freundlichen Gruß und reiche dem Österreicher die zwei Reisepässe hinaus. Er bückte sich und blickte an mir vorbei auf Graziela. »Sie schläft?«, fragte er leise. Ich nickte. Im milchigen Neonlicht sah ich, dass er ein glattes, rundliches Jungengesicht hatte, zu dem die Fröhlichkeit passte, die ihm aus den Augen leuchtete. Ein mulmiges Gefühl stieg in mir hoch, als er bald auf das Passbild, bald auf Graziela blickte, mir lange in die Augen sah und keine Anstalten traf, mir die Pässe zurückzureichen. Um ihn abzulenken, sagte ich:

»Zu verzollen haben wir nichts. Soll ich den Kofferraum öffnen?«

Es sah aus, als habe er mich nicht gehört. Der Bayer hatte begonnen, auf und ab zu gehen; die unangenehme Morgenkühle hatte ihn in Bewegung gesetzt. Ich sah, wie er mit eingezogenen Schultern die Zigarette zertrat und hinter einer der Glastüren verschwand. In diesem Augenblick sagte der Österreicher leise:

»Sie ist sehr müde – kommen Sie von weit her?«

»Aus Wien«, sagte ich und dachte: Hör bitte auf, sie anzustarren, und lass uns endlich durch!

»Nein, nein«, sagte der junge Mann in Uniform, »Sie müssen den Kofferraum nicht öffnen.«

Er richtete sich auf und ging die paar Schritte in den Dienstraum, auf dessen Tür eine Vignette mit den rot-weiß-roten Farben Österreichs klebte. Ich sah durch die Glasscheibe, wie er dem Bayern, der

für die Dauer einer kurzen Plauderei herüberge-
kommen war, die Pässe zeigte. Der nickte, kam
heraus und ging auf die bayerische Grenzseite. Er
sah uns erwartungsvoll entgegen, reichte mir die
Pässe und winkte uns mit einer gelassenen Armbe-
wegung durch.

An der Ausfahrt Bad Reichenhall bat mich Graziela, auf dem Seitenstreifen zu halten. Es regnete
stärker. Die Autobahn war leer. Als der Wagen
stand, sagte Graziela aufatmend: »Der Junge war
großartig.« Mit einer schnellen Bewegung neigte sie
sich zu mir, küsste mich und sagte: »Weißt du, was
ich für Freiheit halte?«

»Ich höre«, sagte ich.

»Die Möglichkeit, das Vernünftige zu tun«, sagte
sie, »aber vielleicht stammt das gar nicht von mir«,
ergänzte sie sich, »ist auch egal.«

Bis wir in München eintrafen, wurde es heller,
der Regen hörte auf. Ach ja, fiel mir ein, jetzt fahren
wir aus dem Rachen des Molochs hinaus.

Das Übrige war rasch getan. Noch am selben Tag,
gegen Abend, brachte ich Graziela ins Hotel »Baye-
rischer Hof«, wo Mister Abraham Scott, der dicklei-
bige US-Ami vom Boston Symphony Orchestra, sie
begrüßte. Er tat, als sei ihr pünktliches Eintreffen
die selbstverständlichste Sache der Welt. Die haben
nie eine Ahnung, dachte ich. –

Graziela Amalanta wurde an dem 1881 gegründe-
ten Symphonischen Orchester der Hauptstadt Mas-

sachusetts, das so bedeutende Dirigenten wie Nikisch, Monteux oder Leinsdorf zu einer der besten Kapellen der Welt erzogen hatten, Nachfolgerin der legendären Siguera. Mir blieb nicht nur die übersinnliche Schönheit ihres Spiels in Erinnerung. Zu den Kostbarkeiten, die sich mit ihrer Bekanntschaft verknüpfen, gehört der Brief, in dem sie von der Begegnung mit Nicanor Zabaleta berichtete – der siebzigjährige Maestro habe ihr innerhalb einer Minute verständlich gemacht, schrieb sie mir, wie das schwierige Instrument der Harfe – vor Jahrtausenden ersonnen und ununterbrochen verfeinert – zu behandeln sei, um von den tiefsten Tiefen bis zu den höchsten Höhen »bruchlos mit einer Stimme zu den Menschen zu sprechen«.

Unser Briefwechsel dauert fort. Zum Grenzübertritt in jener kalten Regennacht schrieb sie einmal, die »Macht der Musik« habe ihn ermöglicht. Wie sie das meinte, behielt sie für sich.

Der Barackentrottel

EIN FEHLER DER LAGERVERWALTUNG, der nach drei Wochen entdeckt und behoben wurde, verschaffte mir während des kommunistischen Terrors Anfang der sechziger Jahre im Gulag an der unteren Donau eine Erholungspause ungewöhnlicher Art. Ich erinnere mich jener Zeit heiterer und lehrreicher Abwechslung in meinem Häftlingsdasein schon allein deshalb, weil sie mir das Leben als eine Kunst gewissermaßen von der anderen Seite näherbrachte. Nach einer Irrfahrt durch siebenbürgische Gefängnisse und Kerker von Kronstadt nach Zeiden, von dort nordwärts in die Bleiminen Baia Sprie an den Abhängen des Gutin-Gebirges, dann in die aus dem vierzehnten Jahrhundert stammende Festung Fogarasch war ich über das unterirdische Fort Nummer dreizehn Jilava bei Bukarest in den Südosten des Landes gebracht worden. Hier hatte ich in den umfangreichen Listen der Administration eines berüchtigten Zwangsarbeitslagers offensichtlich nicht gleich den richtigen Platz gefunden.

Das Gesicht des Unteroffiziers, der mich eines Abends aus der »Intellektuellen-Baracke« herausholte, verzog sich zur vergnügten Grimasse, als er mich von oben bis unten maß. Dann raunzte er mich aus ganz und gar unerfindlichen Gründen mit den Bezeichnungen »Taschendieb! Halunke!« an und befahl mir

mit einer Kopfbewegung, ihm zu folgen. Nachdem
wir das weitgestreckte Lagerplateau überquert hatten,
wies er mit unwirscher Handbewegung auf die isoliert
hinter mannshohem Stacheldrahtzaun stehende Baracke, die im Lager unter »Spezialbaracke« bekannt war,
stieß mich durch die schmale Zauntür und murmelte:
»Los, da hinein. Zu den Deinen. Einer wie du hat bei
den Politischen nichts zu suchen.«

Ich betrat die Baracke, die nicht anders aussah als
die übrigen Baracken – im Innern einstöckige Prit-
schenreihen für einhundertzwanzig Männer, schad-
hafter Dielenboden, niedrige Decke, Geruch von
Schweiß in verbrauchter Luft. Erprobt im Umgang
mit derlei Situationen, fragte ich einen der in
gestreiftem Häftlingszeug herumstehenden Männer
nach dem »Baracken-Chef«, der sich mir in Gestalt
eines vierschrötigen, braunhäutigen Vollbartträgers
von unübersehbarer Autorität näherte. Hatte mich
schon des Unteroffiziers geknurrtes »Taschendieb,
Halunke!« erstaunt, so tat es nun erst recht der
Anblick des Bärtigen: Noch niemals hatte ich einen
Häftling gesehen, dem das Tragen derartiger Haar-
mengen erlaubt war; Häftlinge wurden geschoren
wie die Schafe im Frühjahr. Aha, dachte ich, das sind
also die mit der Sonderbehandlung … Welche
Schlafstelle er mir zuweise?, fragte ich, nannte meinen Namen und erklärte ihm kurz, wie ich hierher-
gekommen war. Der Mann war ausnehmend höflich.
Der Eindruck der Höflichkeit überwog, ließ mich

aber den neugierigen und verwunderten Blick der dunkelbraunen Glitzeraugen nicht übersehen, mit dem er sich mir genähert, mir seine fleischige, warme Hand gereicht und mich willkommen geheißen hatte, wonach er mich mit Gesten der Zuvorkommenheit zu einer freien Schlafstelle in der hintersten Ecke des Raumes begleitete. Dass ich mich nicht wieder in einer Baracke mit Intellektuellen befand, hatte ich den vielen Gesichtern angesehen, in denen mir die schnelle Wachheit der Augen aufgefallen war. Hundertzwanzig Männer musterten mit gerecktem Hals den Neuling neben ihrem »Chef«.

Welchem Clan ich angehöre?, fragte mich der schwarzbärtige Vierschrot, setzte sich zutraulich neben mich auf die Pritsche und betrachtete mich aufmerksam und ohne Scheu. Keine schlechte Frage, dachte ich, Clan – sehr gut. Ich ging auf seine Wortwahl ein und antwortete: »Zum schreibenden«, was er mit einem langen, einigermaßen misstrauischen »Aaah« zur Kenntnis nahm. Und – wo hätten wir zum letzten Mal operiert?, wollte er wissen. Auch gut, dachte ich und erwiderte in Gedanken an den Sitz des Schriftstellerverbandes:

»In Bukarest Mitte.«

»Oh«, antwortete er in anerkennendem Ton, »gutes, aber gefährliches Terrain. Sehr gefährlich.«

»Na ja«, sagte ich nur und freute mich an unserem Wortspiel, »wie man's nimmt.« Hat der Schwarzbart nicht Recht, dachte ich, sitze ich nicht, weil

mir das Schreiben zur Gefahr geworden war? ...
Und wobei hätten sie mich kassiert?, begehrte er zu
wissen. Der Mann gefiel mir immer besser, seine
Metaphern und Parabeln über die Gefährdung eines
zum Mitheulen wenig begabten Schriftstellers hatten Witz, sie überzeugten mich in ihrer Bündigkeit.

»O ja«, sagte ich, »kassiert‹ ist das rechte Wort.«

»Und die übrigen Clanmitglieder?«, unterbrach
er mich.

»He«, sagte ich, »einige kriechen dem Regime in
alle erdenklichen Löcher, auch in solche, die es nicht
gibt, die meisten freilich nur in die unvermeidbaren
– aber weder die einen noch die anderen sind ihrer
Haut sicher.« Woher aber wisse er denn, dass ich in
einer Gruppe »kassiert« worden sei? Er ging darauf
nicht ein, sondern fragte, ob mein Clan zu den
»Spitzfingern« oder zu den »Schnappdaumen« gehöre. Weder noch, versuchte ich seinen Wortbildern zu
folgen, ich würde eher sagen: zu den »Sitzfingern«.
Wieder sagte er nur gedehnt: »Aaah!«

In der folgenden Pause meinte ich zu spüren, wie
das Hirn des Kauzes neben mir arbeitete. Meine
Antworten hatten ihn, wie es schien, vor Rätsel
gestellt, seine Fragen mich nicht minder. Er lasse
mich jetzt in Ruhe, sagte er, wir würden unsere
Unterhaltung morgen fortsetzen. »Schlaf gut, Bruder«, brummte er. Ich sah noch, wie sich am anderen Ende des Raumes die Barackenbewohner um
ihn scharten, lebhaft schwatzten und immer wieder

142

zu mir herüberblickten. Ich streckte mich auf dem harten Lager aus und beschloss, zu schlafen.

In was für eine Gesellschaft bin ich da hineingeraten?, überlegte ich. Los, zu den Deinen!, hatte der Unteroffizier gesagt. Aber waren dies nicht alles Zigeunergesichter, zwischen denen hindurch ich mit dem »Chef« bis zur Bettstelle gegangen war? Ich schlief bald ein.

Alle Rätsel lösten sich am nächsten Morgen, als der »Chef« nach Wecken, Appell und Barackenkontrolle durch drei Uniformierte wieder vor mir stand und sagte:

»Mein Herr, ich habe nachgedacht. Sie gehören zu keinem unserer Clans«, und damit den Gedanken aussprach, der mir auch schon gekommen war.

Kurz, es stellte sich heraus, dass ich – der Himmel weiß, aus welchem Grund – in eine mit Bukarester Taschendieben gefüllte Baracke gesteckt worden war, die, wie ich erfuhr, alle demselben Clan angehörten und sich somit als Mitglieder jener ehemals bei Kennern berühmten Kaste des Zigeunervolkes, ob Roma oder Sinti, verstanden, die mit Hochmut auf ihre fahrenden und kesselflickenden Stammesbrüder hinabblickte, da sie sich für die Aristokratie unter ihresgleichen hielt. Vielleicht immer noch hält.

Der Schwarzbart von fast quadratischer Gestalt zeigte sich trotz der Feststellung meiner Nichtzugehörigkeit noch höflicher als am Vorabend, ja begeistert. Er eröffnete mir, dass er nach kurzer Beratung mit seinen wichtigsten Leuten »einen Gottgesandten« in mir sähe – »ni te-a trimis Dumnezeu« –, der ihnen, sofern ich dazu bereit sei, helfen könne, die Dauer der Haft sinnvoll zu gestalten, anstatt nutzlos zu verdösen. Er habe sofort erkannt, dass ich kein »şmecher din vechiul regat« sei, kein »Ausgefuchster aus dem alten Königreich«, sondern einer der biederen Transsilvanier, Siebenbürger – »transilvănean cumsecade«, sagte er. Ich nickte. Und als ich Näheres zu erfahren wünschte, sagte er fast feierlich:

»Mein Herr, sollten Sie sich zur Annahme unseres Vorschlags entschließen können, werden Sie in dieser Baracke leben wie einst der Kaiser in China, es wird Ihnen an nichts fehlen …«

»Ich höre«, unterbrach ich ihn.

»Lassen Sie es mich Ihnen erklären, mein Herr«, fuhr er fort, »uns wird die Haftzeit zum Verhängnis, wir verlieren hier beim Nichtstun die Übung. Verstehen Sie? Und Übung ist in unserem Beruf alles. Die Fingerfertigkeit! Sie ist eine Frage des harten täglichen Trainings. Beim Herumsitzen büßen wir den Anschluss an die nationalen und internationalen Standards ein. Nicht nur die Clans im Bukarester Osten gewinnen einen Vorsprung, den wir nie mehr aufholen können. Auch die Neapolitaner, die Römer laufen uns davon. Sie sind unsere größten Konkurrenten. Es geht für uns um sehr viel. Und ich bin verantwortlich für den Clan. Für die Familien. Verstehen Sie?«

Der »Chef« war erregt, während er mir dies alles sagte, Gram und Sorge um die Seinen standen ihm ins Gesicht geschrieben.

»Ich verstehe«, unterbrach ich ihn wieder, »aber was kann ich daran ändern? Wie soll ich Ihnen helfen?«

Umgetrieben vom Gedanken drohender nationaler und internationaler Anschlussverluste, erklärte er es mir, bis ich es verstand.

So kam es, dass ich in die Geschichte der Taschendiebe des Clans »Stummer Finger, Bukarest West« einging und mir darin einen ehrbaren Platz sicherte: Denn fortan diente ich den Männern in der »Spezialbaracke« als Trainingspuppe. Deren Aufgabe hatte mir der Clanchef während des eindringlich geführten Gesprächs in allen Einzelheiten erläutert. Ich verlor als solche nie die Geduld und trotz meiner pausenlosen Niederlagen niemals die Lust, weiterzumachen. Es verhalf mir zu hohem Ansehen. Das heißt, noch am selben Tag wurde ich vom »Chef« gebeten, mich auf den freien Platz zwischen Tür und vorderster Pritschenreihe zu stellen. Dann bat er mich, mir den aus einer der Pferdehaardecken gezupften Faden mit der Bitte um den Hals binden zu lassen, sofort Laut zu geben, wenn ich dessen Beseitigung durch einen der beiden auf mich angesetzten Männer bemerkte. Sofort, ohne zu zögern, sagte er. Kunststück, dachte ich innerlich lächelnd und nickte.

Doch es ist in keiner Weise übertrieben, wenn ich sage, dass ich in der Folge blaue Wunder erlebte.

145

Nein, das Bild vom »blauen Wunder« verblasst angesichts der Artistik, in deren Bannkreis ich mich begeben hatte: Der raue Deckenfaden verschwand vom Ort seiner Befestigung, als ob es sich nicht um meinen Hals gehandelt hätte. Als ob mein Hals nicht meiner, sondern der Hals eines anderen gewesen wäre, dem ich in keiner Weise verbunden war. Ohne auch nur den Hauch einer Berührung gespürt zu haben, erblickte ich den elenden Faden verdutzt in der erhobenen Hand des einen der beiden glutäugigen Männer, die soeben noch heftig miteinander diskutierend vor mir gestanden hatten; auch nicht entfernt konnte ich mir vorstellen, wann er von meinem Hals verschwunden war. Der Beifall der von allen Seiten beobachtenden Clanmitglieder für die beiden Akteure kam von Fachkundigen, und einer von ihnen sagte – wenn auch »mit aller Anerkennung«, wie er betonte – unter dem bedächtigen Kopfnicken der Älteren an den einen der beiden Akteure gewendet: dass die Bewegung mit dem Daumen der Rechten beim Entknoten eine Kleinigkeit zu früh, zu heftig erfolgt sei, der Daumen sei nicht »stumm« genug gewesen, sagte er. Aha, dachte ich, daher der Name des Clans, daher also »stummer« Finger ...

Nun war der bärtige »Chef« ein fairer Mensch. Er hatte mir schon vor der »Operation«, wie er es nannte, mitgeteilt, dass zunächst »die Meister« auf mich losgelassen würden, sie vor allem müssten in der Übung bleiben, um den Jüngeren die Feinheiten

146

des Handwerks beibringen zu können. Väterlich bemüht, wandte er sich dann an die beiden vor mir stehenden »Operateure« und entließ sie mit dem Hinweis, beim nächsten Einsatz die Aufgabe des »stummen« Daumens so genau zu bedenken, wie die Altvorderen es gelehrt hätten.

Ich hatte mich von meiner Fassungslosigkeit noch nicht erholt, als ich mich mit dem kratzenden grauen Faden als Schmuck am rechten Handgelenk ausgestattet sah. So, dachte ich entschlossen, den kriegt ihr von da nicht weg, ohne ertappt zu werden. Das Feuerwerk, mit dem die beiden neuen »Operateure« in ihrer mir unverständlichen Sprache aufeinander losgingen, erschreckte mich, weil ich den Grund ihres Streites nicht verstand – und plötzlich hielt mir der eine den verdammten Faden mit blitzenden Augen vor die Nase. Betreten blickte ich mein leeres Handgelenk an. Der »Chef« aber nickte diesmal zufrieden. Auch sonst gab es für die beiden keinen belehrenden Hinweis aus der Runde. Und auch diesmal hatte ich keine Berührung gespürt.

Ich gebe zu, dass mich, den Übertölpelten, während der folgenden »Operationen« nach und nach der Zorn packte. Ich kam mir lächerlich, hölzern und albern, ich kam mir gedemütigt vor. Die affenartig schnellen Kerle, dachte ich, spielen mit mir Tischtennis – ich bin der läppische Ball, den sie nach Belieben übers Netz prügeln, hilflos den trickreichen Schlägen ausgesetzt, mit denen sie es tun. Doch die professionelle Sicherheit, mit der sie die »Operationen« in immer neuen Varianten an mir vornahmen, und die unterkühlten Kommentare der hundert Zuschauer ließen mich bald erkennen, dass sie nicht der Anhauch einer Absicht beseelte, sich über mich lustig zu machen. Das Gegenteil war eher der Fall: Je länger ich es als der Barackentrottel, wie ich mich insgeheim getauft hatte, unter den blitzschnellen Attacken ihrer ablenkenden Wortschwälle und Körperfinten aushielt und unverdrossen mitspielte, umso zuvorkommender behandelten sie mich, gleichviel ob alt oder jung. Als mir der »Chef« gar in der Pause nach einer besonders schnellen Entfernung des Fadens vom Fußgelenk zum Trost versicherte, ich hätte es soeben mit den Koryphäen des Clans »Stummer Finger« zu tun gehabt, begriff ich mich nicht länger als einen Beleidigten. O nein! Denn vor großer Kunst zog ich im Geist immer schon neidlos den Hut. Bald stehend, bald auf dem kleinen Platz hin und her oder im Kreis gehend, je nach Anweisung, wurde mir von den gesten- und wortreichen Täuschungs- und Fingerakrobaten eine Niederlage nach der anderen beigebracht. Es war hinreißend.

Natürlich glückte es mir zwei-, dreimal, einigen Jüngeren der in der Baracke mit drei Generationen vertretenen Clandynastien beim Raub der mir um Hand- und Fußgelenke, um Ohr und Finger geschlungenen oder in den Hosentaschen untergebrachten Kratzfäden zuvorzukommen. Doch es blieb die Ausnahme. Nach jedes Mal mit Geduld ausgesprochener Belehrung, sei es durch den Großvater, den Vater oder den älteren Bruder, vor allem den »Chef«, brachten sie mich bei der nächsten »Operation« wieder wie im Traum um den verflixten Faden. Es war unglaublich, mit welchem Repertoire artistischer Finessen diese Jongleure und Schlangenmenschen der Fingertricks an mir hantierten und mich das eine und andere Mal verschaukelten. Ich denke, die hätten mir unbemerkt auch eine Zahnplombe aus dem Mund geholt.

In den drei Wochen, ehe die Lagerleitung die Namensverwechslung bemerkte und mich in der Person eines älteren, grinsenden Wachtmeisters wieder aus der »Spezialbaracke« vertrieb, der sich keiner von uns politischen Häftlingen nähern durfte, erlebte ich Bravourstücke. Sie zu beschreiben scheue ich mich, weil sie mir kein Nichteingeweihter glaubt. Dass ich mir zwischen den einfallsreichen, geschickten und reaktionsschnellen Männern wie eine plumpe und geistlose Bleifigur vorkam, hatte jeglichen Stachel verloren. Geradezu verzaubert von ihrem Können, war ich immer von neuem begierig darauf, im Mittelpunkt ihrer Gaukeleien zu stehen. Ich vergleiche die Technik ihrer Ausführungen der Virtuosität herausragender Instrumentalsolisten und die Geschmeidigkeit ihrer Operationsenergie der lautlosen Magie von Tänzern. Ich fühlte mich als Barackentrottel inmitten der Stürme ihrer Zaubereien wunderbar. Ich befand mich als solcher nicht nur im Auge des Hurrikans, ich *war* das Auge des Hurrikans, um den herum die Stürme tobten.

In den kurzen drei Wochen lernte ich zudem theoretische Elemente ihrer Kunst kennen und erfuhr Grundlegendes ihrer Philosophie: Dass nämlich in dieser Welt der ewigen Ungerechtigkeit der Entschlossene nicht zögern soll, dem satten und arroganten Selbstgefälligen das Fell über die Ohren zu ziehen.

»Mein Herr«, sagte der »Chef« in unserem letzten tiefgründigen Gespräch, »ich ahne, dass Sie uns bald verlassen werden. Behalten Sie uns in guter Erinnerung. So wie wir Sie! ...«

Im wehmütigen Rückblick auf die drei Wochen in Gesellschaft der Männer des Clans »Stummer Finger, Bukarest West«, die in festgefügter Ordnung lebten, nie um ein Witzwort, eine schlagfertige Erwiderung verlegen, zu jeder Hilfeleistung bereit waren und für deren einige ich so etwas wie freundschaftliche Gefühle zu hegen begonnen hatte, bin ich davon überzeugt, dass ihnen nicht zuletzt dank der Trainingsmöglichkeiten am Objekt »Barackentrottel« der Anschluss an die anspruchsvollen nationalen und internationalen Standards längst wieder glückte.

Ich bitte um Verständnis dafür, dass ich es ihnen entgegen den Regeln unserer Gesittung von Herzen wünsche.

Nie wieder traf ich einen der bemerkenswerten Männer.

Das Venusherz

VOR JAHREN LEBTE in einer südsiebenbürgischen Stadt ein junger Mann namens Wolfgang R., von seinen Freunden kurz Wolf genannt, der sich durch ein ruhiges, zuverlässiges Wesen und das Unaufdringliche seiner guten Erscheinung allgemeiner Beliebtheit erfreute. Dass er von Kind an bei einer älteren Frau wohnte, seiner einzigen Verwandten, die ihn mit der Hingabe einer Mutter aufgezogen und ihm trotz dürftiger Verhältnisse eine vortreffliche Schul- und Berufsausbildung ermöglicht hatte, war nur den wenigsten bekannt. Es wäre mit Sicherheit auch niemals zum Gegenstand umständlicher Erörterungen geworden, wäre nicht die ungeheuerliche Vorgeschichte seines Todes eines Tags in aller Munde gewesen und hätte die Gemüter dermaßen erregt, dass selbst Fremde nicht müde wurden, sich nach seinem Schicksal zu erkundigen.

So wurde unter anderem bekannt, dass Wolfs Vater, ein aus dem Mecklenburgischen stammender Offizier der deutschen Armee, im letzten Kriegsjahr in der großen Ardennenschlacht in Belgien gefallen war, ohne zu ahnen, dass seine Frau, die er in jenen verworrenen Zeiten während einer Stationierung seiner Einheit in Siebenbürgen kennengelernt und blutjung geheiratet hatte, kurz nach seinem Soldatentod mit Zehntausenden anderer Erbarmenswerter von den Sowjets zur Zwangsarbeit verschleppt werden sollte – nur dreizehn Monate nachdem sie einem Knaben das Leben geschenkt hatte; erst Jahre später behauptete ein Heimkehrer, die Frau gekannt und Mitteilung darüber zu haben, dass sie bei einem Grubenunglück in einem ukrainischen Kohlenbergwerk elend ums Leben gekommen war.

Wieso dennoch fast zwei Jahrzehnte später ausgerechnet die Mutter den Tod des Sohnes verursachen sollte, von dem sie einst, halb rasend vor Schmerz, in einer eiskalten Januarnacht von zwei Uniformierten fortgerissen worden war, verdient in einer Chronik der Leiden aufgezeichnet zu werden. Denn der Polizeibericht, der damals abgefasst wurde, geht über das Zufällige der sogenannten Tatsachen nicht hinaus und vermittelt nur ein unzulängliches, wenn nicht gar täuschendes Bild der Ereignisse, von denen im Folgenden die Rede sein wird. –

Es war etwa zwanzig Jahre nach Kriegsende, als Wolf am letzten Tag seines an der Küste des Schwarzen Meeres verbrachten Sommerurlaubs die Bekanntschaft einer Ausländerin machte – einer Französin, die wenige Stunden vorher mit einer Urlaubergesellschaft aus Paris eingetroffen war und sich bei einem ersten Bummel durch die Strandanlagen verlaufen hatte. Die keine vierzig Jahre alte, auffallend gut aussehende Frau hatte den jungen Mann nach einem Hotel gefragt, dessen Namen in der Landessprache wiederzugeben ihr nur gebrochen gelungen war. Des Französischen mangelhaft mächtig, geriet Wolf dadurch zunächst in einige Verlegenheit, erfuhr aber schon nach den ersten Worten Hilfe durch seine Freundin Claudia, die mit einer Tüte leuchtender Äpfel herzutrat.

Das hellblonde, freundliche Mädchen verstand sofort, worum es ging, und beantwortete ohne Zögern die Fragen der Frau. Doch als sich Wolf erleichtert wieder der Fremden zuwendete, bemerkte er, dass diese ihn mit großen, starren Augen anblickte, auf eine verwunderliche Weise mit einem Mal teilnahmslos bei der von Claudia in fließendem Französisch erteilten Auskunft, ja es sah aus, als hätte sie dem Mädchen nicht einmal zugehört. Allein Claudias ebenso liebenswertes wie geschicktes Einlenken überwand die kurz aufgekommene beiderseitige Unsicherheit und brachte die Angelegenheit zu einem guten Ende. Die Fremde verabschiedete sich etwas hastig, blickte sich noch einmal kurz nach den beiden um, wobei sie freilich nur Wolf zu sehen schien, und tauchte dann im Menschengewühl vor den Blumen-, Gemüse- und Obstständen unter. Vom nahen Meer fiel überhell gleißendes Licht herüber.

»So eine schöne Frau habe ich noch niemals gesehen«, sagte Claudia bewundernd und hielt den Jonathanapfel, in den sie gerade gebissen hatte, selbstvergessen in der halb erhobenen Hand, so

dass das Sonnenlicht voll auf dem gelben Frucht-
fleisch lag, in dem der schimmernde Abdruck ihrer
Zähne zu sehen war. »Wirklich, noch niemals«, fügte sie hinzu. Aber schon im nächsten Augenblick
biss sie wieder herzhaft in die Frucht und fragte
ihren Freund, ob sie denn nicht noch einen letzten
Urlaubskaffee trinken sollten? Ohne die Antwort
abzuwarten, zog sie Wolf kurz entschlossen zu der
auf der anderen Straßenseite gelegenen erhöhten
Terrasse, und mit wenigen Sätzen verscheuchte sie
den Anflug von Benommenheit, der ihn zu beherrschen schien, ja es gelang ihr sogar, nachdem sie an
einem der runden, weißen Tischchen Platz genommen und den Kaffee bestellt hatten, den Schweigsa-
men einige Male zum Lachen zu bringen.

Zwei Stunden später jedoch, im Pensionszimmer
mit dem Packen der Taschen und Koffer beschäftigt, ertappte sich Wolf dabei, dass er immer noch
im Zustand jener eigenartigen Erregtheit befangen
war, die ihn seit der Begegnung mit der fremden
Frau wie eine innere Lähmung beherrschte. Er sah
die Frau mit den ausdrucksvollen Augen so deutlich
vor sich, als begleite sie ihn auf Schritt und Tritt
und stelle sich bei jeder Wendung vor ihn, um ihn
mit dem erschrockenen Blick der dunklen Augen
fragend anzuschauen. Es half nichts, dass er sich
sagte, die flüchtige Begegnung sei ihm nur daher in
so lebhafter Erinnerung, weil er sie am letzten
Urlaubstag gehabt und sie überdies mit jener Über-

wachheit der Sinne aufgenommen hatte, die eine Folge der heißen Tage an der Küste und der ungewohnten Buntheit der südlichen Bilder war. Es gelang ihm nicht, das Bild der Frau aus seiner Vorstellung zu verdrängen. So verbrachte er die Zeit bis zur Abfahrt in einem Zustand ihm sonst gänzlich unbekannter Zerfahrenheit. Er atmete befreit auf, als er in der ersten Abendstunde in Claudias Gesellschaft auf dem kleinen, von Akazienbäumen und -sträuchern umsäumten Bahnhof eintraf. Minuten darauf bestiegen sie den Nachtzug, der sie bei rasch einbrechender Dunkelheit nach Nordwesten brachte, in Richtung der großen Donaubrücke bei Cernavoda.

In einem leeren Abteil des nur spärlich besetzten Eisenbahnzugs hatte Wolf bald zwei Plätze an der meerwärts gelegenen Fensterseite gefunden. Ehe der Zug mit immer größerer Fahrt ins Landesinnere bog, hob er die Taschen und Koffer ins Gepäcknetz und lehnte sich noch einmal aus dem offenen Fenster, nachdem er mit Claudias Einverständnis die Lampen im Abteil gelöscht hatte.

Über die Lichter der nahe beieinanderliegenden Küstenortschaften und über die vollen Kronen der Akazienreihen hinweg, die auch hier die Gleisböschung säumten, sah er das Meer. Es lag unter dem Sternenhimmel zum Greifen nahe, gleich einer riesigen goldblauen Woge über die Breite des Horizonts erstreckt. Minutenlang stand Wolf unbeweglich und überließ sich dem Sog des Bildes. Und wie er nun hinausstarrte, drängte sich ihm, ohne dass er sich hätte widersetzen können, nach und nach zwingender die Einbildung auf, der Himmel sei drauf und dran, schon im nächsten Augenblick auf das Meer niederzustürzen. Ja er hatte mit einem Mal das Gefühl, die unvorstellbar großen Wassermengen könnten den Zusammenprall kaum erwarten, um sich aus ihrer Ruhe zu erheben, sich mit machtvollem Aufbäumen herüberzuwerfen und alles Land an sich zu reißen. Eine jähe Angst überkam ihn, dem Ereignis, träte es ein, wehrlos ausgeliefert zu sein; sie war so eindringlich, dass er seiner ganzen Willenskraft bedurfte, sich von dem Anblick loszureißen. Er stieß das Fenster mit einer heftigen Bewegung hinauf und setzte sich hastig neben Claudia auf die Bank.

Claudias munteres Plaudern aber lenkte ihn während der jetzt schon sehr schnellen Fahrt von den Grübeleien über seine Verwirrtheiten ab, denen er an diesem Tag – aus nichtigen Gründen, wie er meinte – wiederholte Male ausgesetzt gewesen war. Nein, dachte er noch einmal, nein, ich bin nur etwas zerstreut, das ist alles. Während ihm Claudia eines der von ihr für die Heimfahrt vorbereiteten Brote reichte, das er ihr gedankenlos zurückgab, tröstete sie ihn gleichzeitig über seinen Abschiedsschmerz hinweg und sprach dabei von den »verzauberten Sonnenwind- und Meerschaumtagen«, die sie hinter sich hätten. Denn es gäbe doch, fuhr sie im Rattern der Räder fort und drängte sich an ihn, es gäbe doch nur Grund zum Froh- und Glücklichsein. Die zurückliegenden drei Wochen seien ein einziges schönes Erlebnis gewesen, und sie wisse, dass er die gleiche tiefe Dankbarkeit empfände wie sie. »Und im nächsten Sommer«, lachte sie fröhlich, »laufen wir die ganze Steilküste nach Muscheln ab, ja? … Sieh nur, Wolf«, flüsterte sie auf einmal geheimnisvoll und hielt ihm die geöffnete Hand hin, »sieh, was ich hier habe. Ich hob sie für dich auf.«

Wolf hatte in den verflossenen Wochen viel Freude an Claudias Vorliebe für seltsame Steine, Muscheln und winziges Strandgut aller Art gehabt und immer wieder Bewunderung für den sicheren Blick empfunden, mit dem sie all das im Küstensand entdeckt hatte. Er erkannte auf der Fläche der Mädchenhand ein ungewöhnlich ausgewogen geformtes Muschelgehäuse.

Die beiden weit geöffneten, mit den Außenseiten nach oben liegenden Schalenklappen leuchteten in einem warmen Mattgelb. Vom feinen Geäder der dicht nebeneinander verlaufenden Rippen überzogen, an den Rändern von zierlichen Zähnen besetzt, boten sie sich in einer Weise dar, die in Wolf das Empfinden auslöste, in der schlanken Mädchenhand bewege sich ein lebendiges Wesen. Ohne ein Wort zu sagen, blickte er Claudia erstaunt in die Augen. Sie lächelte und drehte die Muschel mit den Fingerspitzen behutsam um. Da erglänzte an den Innenseiten der Schalen aus unzähligen Kalkplättchen die helle Perlmutterschicht; das Licht davon in den Buchtungen war wie ein Hauch. Wieder hatte Wolf das Gefühl, das Muschelgehäuse in Claudias Hand sei zu Leben und Atem erwacht. Während er angespannt das wundersame Gebilde betrachtete, erkannte er, dass die kaum sichtbare Nahtlinie des Schlossbandes, das die beiden Muschelhälften zusammenhielt, diese gleichzeitig zu einem Ganzen vereinte und sie voneinander trennte, sie aneinander band und zugleich gegeneinander abgrenzte. Ohne dass er den Grund hätte nennen können, machte ihn die Feststellung betroffen.

»Es ist ein Venusherz«, sagte Claudia in diesem Augenblick, »so heißt diese Muschelart. Sie ist selten zu finden. Ich trat gestern in der kleinen Steinbucht fast darauf. Ich schenke sie dir.« Claudia hob ihm die Hand mit der Muschel entgegen.

Wolf griff vorsichtig nach dem Gegenstand, betrachtete ihn noch eine Zeit lang und wickelte ihn dann, ein wenig unsicher und zaudernd, in sein weiches Halstuch, das er zusammenfaltete und in die große Brusttasche seines Sporthemdes schob. Danach blickte er in das von den draußen vorbeihuschenden Lichtern überspülte Mädchengesicht. »Was ist nur mit dir?«, fragte Claudia ernst, »Wolf, was ist los?« Sie lächelte aber sofort wieder, ja sie lachte kurz auf und sagte spitzbübisch: »Du trauerst doch nicht etwa der schönen fremden Frau nach?« Wolf zuckte innerlich zusammen. Claudia, die nichts bemerkt hatte, fügte nach einer Pause versonnen hinzu: »Eigenartig, die Französin sah dir irgendwie ähnlich.« Aber als sie jetzt die Veränderung gewahrte, die mit ihm vorgegangen war, und plötzlich das Gefühl hatte, er befände sich in Not, nahm sie mit einer schnellen und sicheren Bewegung seine beiden Hände zwischen die ihren und begann, sie zu streicheln.

Wolf erinnerte sich später der folgenden Minuten, während derer ihm Claudia im Hämmern der Räder unsagbar zärtlich über die Hände gestrichen und den Kopf an seine Wange gelehnt hatte, als eines Zustands kaum ertragbaren Glücks und einer schmerzhaft empfundenen Geborgenheit. Vom Erschauern einer Ahnung erfasst, presste er den von der Sonnenbräune heißen Mädchenkörper an sich. Der Gedanke, dass dies alles nicht unverlierbar und selbstverständlich war, wie er bisher gemeint hatte, sondern dass es morgen schon würde vernichtet sein können, als sei es niemals gewesen, und dass er selber, ohne es zu wissen und zu wollen, zum Werkzeug der Zerstörung gemacht werden könnte, ließ ihn mit einem Mal bis ins Mark frieren. Denn während er in jenen Minuten Claudia mit beiden Armen umfasst hielt und der Zug mit ihnen in die

Finsternis hineinstürmte, war er längst außerstande, an etwas anderes zu denken als an die Augen der fremden Frau.

Es war eine halbe Stunde vor Mitternacht, als der Schnellzug die kilometerlangen Eisengerüste der Cernavodabrücke donnernd hinter sich gelassen und sich nach Westen gewendet hatte. Claudia schlief seit einer Stunde ausgestreckt auf der Polsterbank. Wolf stand vor dem Fenster und starrte ins Dunkel hinaus; einmal meinte er, die tiefen Atemzüge des Mädchens neben sich zu hören. Bald danach hielt der Zug auf einem kleinen, menschenleeren Bahnhof in der Donausteppe.

Da wendete sich Wolf und heftete mit einer Nadel ein Blatt Papier, auf das er ein paar Zeilen geschrieben hatte, an die Rücklehne über die Schlafende. Er beugte sich nieder, küßte Claudia auf die Stirn und auf die Hände und verließ, eine Reisetasche in der Hand, mit einem Ausdruck grenzenloser Verzweiflung das Abteil. Er stieg aus dem Zug, gerade als sich dieser wieder in Bewegung setzte. Eine Weile noch stand er betäubt auf dem leeren Gleis und murmelte den Satz, den er auf das Blatt geschrieben hatte: »Verzeih mir, ich kann nicht anders, ich kann's nicht erklären, ich bin ewig dein unglücklicher Wolf.« In der Ferne verklang das Stampfen der Eisenräder. In den Telegraphendrähten über ihm summte der warme Nachtwind. Von allen Seiten erreichten ihn die herben Gerüche verdorrter Steppengräser und -früchte. Hinter dem Bahnhofshäuschen quakten Frösche.

Er traf im ersten Morgengrauen wieder an der Küste ein. Auf dem breiten Feldweg neben dem Bahndamm hatte sich der Staub in den Nachtstunden mit der Nässe der Meeresluft vollgesogen. In den Straßen der Fischerdörfer und Badeorte, die sich um diese Morgenstunde mit ihren geöffneten Fenstern und Türen dem Blick aus dem vorbeifahrenden Zug in einer schamlosen Nacktheit zeigten, regten sich die ersten Händler und Krämer; sie kehrten die Gehsteige mit langen Rutenbesen und luden von Eselskarren Obst- und Gemüsekisten ab. Das Meer, in einem fahlen und gläsernen Licht jenseits der Schilfdächer und Baumkronen ausgebreitet, schien ihn mit teilnahmsloser Gelassenheit zu erwarten.

Er handelte wie im Traum. Sich des Hotelnamens erinnernd, den die Fremde gestern Nachmittag genannt hatte, sprang er im Quietschen der Bremsen vom ausrollenden Zug und machte sich ohne Verzug auf den Weg. Er durchschritt die paar Straßen des Fischerdörfchens, lief über einen gewundenen Steg zwischen wuchernden Blumen- und Weingärten, die in voller Reife standen, und wendete sich dann nach links, den paar hohen Betonbauten zu, die unmittelbar vor der Küste emporragten.

Als er, um die letzte Kate biegend, den Küstensaum erreicht hatte und sich seinem Blick kein Hindernis mehr entgegenstellte, blieb er vor dem Bild, das sich ihm bot, wie gebannt stehen. Vor ihm, mit immer größerer Schnelligkeit ein Goldnetz über Himmel und Wasser auswerfend, begann der Sonnenball aus dem Meer zu steigen. Wolf schwindelten die Sinne, als sich der Himmel aus steil emporschießenden Flammen in Sekundenschnelle zu weithin sprühendem Silber auffächerte und sich danach in ein mächtiges Tor verwandelte, dessen Schwelle das brennende Wasser war. Im selben Augenblick traf ihn die erste Welle des anflutenden Lichts und blendete ihn. Das Gefühl der nachströmenden Wärme in den Gliedern, begann er, mit geschlossenen Augen durch den schweren, grobkörnigen Sand zum Meer hinabzugehen.

Alle Spannung, Ungewissheit und Verwirrtheit war von ihm genommen, als er vor der Frau stehen blieb, die ihm, einen weißen Bademantel um die Schultern, barfüßig und mit nassem Haar durch den Schaum des Uferwassers entgegenkam. Es sah aus, als sei sie, seine Ankunft erwartend, gerade dem Meer entstiegen. –

Die Steilküste über dem schmalen Uferstreifen zwischen der Fischersiedlung Costineşti und dem alten Mandschapunar im Süden hat hundert Schlupfwinkel – gleich Alkoven aus den anfragenden, rissigen Lößwänden gehöhlte Sonnennischen, immer wieder Dünenmulden und eine Unzahl winziger Buchten. Von oben, vom Rand der Steilküste

162

sind die Muschelsandzungen bis weit ins Meer hinaus im klaren Wasser zu erkennen, das Grün der Algen- und Tangteppiche zeichnet Muster und Tupfen ins flache Uferwasser und belebt dessen dunkel schimmerndes Blau. Hier unten aber, zwischen dem Meer und den mit Kreide und Lehm durchsetzten turmhohen Lößabschüssen steht die Luft in einer warmen Dichte still, von kaum einer Brise durchweht, aufgelockert vom weichen, duftigen Salzgehalt. Nur manchmal bewegt um diese Jahreszeit ein leichtfüßig und wie verirrt daherspringender Windzug die Meerfenchel-, Strand- und Binsengrasbüschel, die als kleine Grüninseln überall auf den Sandbuckeln stehen. Es ist an diesen Spätsommertagen, als stünde hier die Zeit still, als habe der alles beherrschende blaue Glanz des Meeres und des Himmels die Stunden angehalten.

Wolf verbrachte diese letzten Tage seines Lebens in einem Zustand des Halbbewusstseins und eines schlafwandlerischen Schwebens, das alles in ihm und um ihn herum verwandelte. Er war von keinem anderen Gedanken beherrscht, als sich jede Stunde in der Nähe der geliebten Frau aufzuhalten. An den Morgen fand er sich vor dem Hotel ein, bis Barbara – wie die Fremde hieß – vom gleichen Gefühl der Unausweichlichkeit durchdrungen aus der Türe trat, ihn an der Hand fasste und sich seiner Führung auf den Wanderungen an der Küste entlang überließ. Wohl überraschte es ihn, dass Barbara Deutsch sprach, wenn auch in einer eigentümlich schweren, wie aus ferner Vergangenheit stammenden Weise. Doch verwendete er darauf keinen Hauch eines Gedankens, denn nichts erschien ihm natürlicher als die ungetrübte Verständigung zwischen ihnen.

Es kam vor, dass sie auf diesen Küstenstreifzügen Stunden hindurch, manchmal einen halben Tag lang kein Wort wechselten. Wenn sie im Flimmern des Sommers stehen blieben, müde vom Laufen und von der Mittagsglut, lehnte sie sich an ihn. »Mein großer kleiner Junge«, sagte sie einmal und blickte ihn mit dem rätselhaften Ausdruck an, der immer aus ihren dunklen Augen sprach. Ein andermal fragte sie: »Wer bist du?«, legte ihm aber schon im Augenblick danach die Hand auf den Mund, um seiner Antwort zuvorzukommen. »Mir ist«, fuhr sie fort, die Hand immer noch auf seinem Mund, »als sei ich dir schon begegnet, als erinnertest du mich an jemanden, den ich einmal kannte. Dein Blick, dein Gang …?« Sie strich ihm über die Haare und lächelte ihn an. Sie küsste ihn lange, ehe sie weitergingen. Sie trennte sich keinen Tag und schließlich auch keine Nacht mehr von ihm. Nein, es gab keine Fragen zwischen ihnen, mit jener Neugierde ausgesprochen, die unweigerlich in den Alltag zurückführt – kein: Was geschieht nachher mit uns beiden? und kein: Warum ließen wir uns auf diese Illusion, auf diese Fata Morgana ein, da wir beide zu Tändeleien nicht taugen? Sie waren allein vom Wunsch beseelt, miteinander zu sein.

Das war alles. Doch es war wie ein Hunger in ihnen, den sie endlose Zeiten hindurch füreinander hatten aufsparen müssen. Er war stärker als jedes Bedenken.

Eines Mittags waren sie weit ins Meer hinausgeschwommen und hatten danach entspannt im glühenden Sand gelegen; Barbara hatte die Augen geschlossen. Und da war ihm der kaum kenntliche, fast qualvoll grüblerische Zug um den Mund der schönen Frau noch deutlicher aufgefallen als an den Tagen vorher. Als sie gefühlt hatte, dass er sie betrachtete, hatte sie die Augen aufgeschlagen, ihn gerade angeblickt und tief aufatmend gesagt: »Nein, es ist nicht möglich, dass ich dich schon einmal kennenlernte. Wie sollte ich auch? Aber eben musste ich darüber nachdenken, wie es kommt, dass ich ein Gefühl habe, als trüge ich dich seit Ewigkeiten in mir.« Nach einer Pause hatte sie leise hinzugefügt: »Aber sagen sich das nicht alle Liebenden auf dieser Welt, mein Liebster?« »Ich bin in deine Augen hineingestürzt wie in einen Brunnen«, antwortete er, »dessen Grund ich niemals erreichen werde.«

Es kam in diesen letzten Tagen der beiden lediglich zu zwei Begebnissen, die den unsichtbaren Wall der Verzauberung, der um sie gelegt war, zu durchbrechen und bis zu ihnen zu dringen vermochten.

Das eine stellte sich im Gefolge der Bekanntschaft Wolfs mit Jeanette ein, der Freundin Barbaras, einer vielleicht fünfundvierzigjährigen, fein-
gliedrigen Frau, die Wolf wohl eindringlich, wenn
auch freundlich betrachtete, als ihn Barbara ihr vor-
stellte, deren wache Aufmerksamkeit jedoch in
einem auffallenden Maße Barbara galt, wie es Wolf
während der wenigen Minuten schien, die sie an
jenem Tag zu dritt verbrachten. Sieht es nicht aus,
hatte er flüchtig gedacht, als beobachte Jeanette in
ihrer disziplinierten Art Barbara geradezu mit für-
sorglichem Blick? Ja er hatte den Eindruck gehabt,
dass Jeanette ihre um einen halben Kopf höher
gewachsene Freundin, mit der sie zweifellos ein
inniges Vertrauensverhältnis verband, in einer Weise
überwachte, mit der sich ein Pfleger eines Kranken
annimmt. Unverkennbar hatte in dem Verhältnis
der beiden Frauen zueinander Jeanette die Rolle der
Führenden inne. Doch auch dies nahm Wolf nur
wahr, als geschähe es in weiter Ferne und hätte
weder mit Barbara noch mit ihm zu tun; er war
unfähig, darüber nachzudenken. Seither sah er Jeanette täglich. Entweder begleitete sie Barbara, sooft
er diese morgens vom Hotel abholte, oder sie
wünschte ihnen nach gemeinsam verbrachtem
Abend eine gute Nacht.

An einem der ersten Morgen aber, als die beiden
vom Hoteleingang auf das nahe Meer zugingen,
wendete sich Wolf noch einmal um. Da sah er, wie

Jeanette, eine Hand gegen die Säule des Vordachs gestützt und aus dem Oberkörper leicht zur Seite geneigt, ihnen nachblickte. Nicht länger als eine Sekunde hatte Wolf das Bild der schmalen Frau vor Augen, aber es hatte genügt, ihm deutlich zu machen, dass die gewohnte kluge und beinahe kühle Wachheit, die sonst Wesen und Haltung dieser Frau bestimmten, in diesem Augenblick völlig von ihr genommen war. Mehr noch, Jeanette hatte den beiden mit dem Ausdruck unverkennbar herzlicher und zugleich angespannter Zuneigung nachgeschaut, in die ein Zug tiefer Sorge gemischt schien.

Wenngleich überrascht von der Feststellung – auch sie verlor sich, wie alles an diesen Tagen in Wolfs Leben, was nicht unmittelbar mit Barbara zu tun hatte, hinter der Schwelle seines Bewusstseins.

Zu dem zweiten Begebnis kam es am letzten Tag.

Es war ein Tag jener ungewissen Wechsel in den Wetterstimmungen und -anzeichen gewesen, die an der See immer spürbarer sind als in anderen Landschaften, und es hatte damit angefangen, dass die Vögel ihre Nester nicht verließen. Im Morgengrauen hatte dann die Wasserfläche in einem Dämmer bleierner Glanzlosigkeit unbewegt gelegen. Die Sonne tauchte nicht aus dem Meer. Dafür hatte sich ein diesiges Licht auszubreiten begonnen, das schließlich wie eine Wand aus Schleiern vor dem Himmel verharrte. Die feinstieligen Blätter der Akazien und Zitterpappeln, sonst in unermüdlicher

Verspieltheit bewegt, sei es auch nur vom Anhauch der warmen Erde, blieben auf befremdliche Weise regungslos. Doch fuhren in größeren und unbestimmten Abständen kurze, heftige Windstöße über das Land, die auf beunruhigende Weise immer aus einer anderen Richtung zu kommen schienen. Das alles erzeugte eine Stimmung, die jeden zu misstrauischer Aussicht anhielt; es war, als könnte Unerwartetes hereinbrechen. »Vine furtuna«, »Der Sturm kommt«, sagen die Fischer an solchen Tagen nach einem Blick auf den Himmel über der See und fahren dennoch ohne Zeichen von Unruhe zu den Netzen und Reusen hinaus. »Der Sturm kommt«, sagten die Fischer an diesem Tag und fuhren hinaus. Sie wussten, dass er nicht vor Einbruch der Dunkelheit kommen würde. Doch danach wird es einige geben, sagen sie, für die nichts mehr so ist, wie es vorher war. Gegen Mittag hatten die Sonnenstrahlen das Schleierlicht durchstoßen, und in der letzten Nachmittagsstunde schien die Spannung, die den Tag über in der Luft gelegen hatte, verflogen zu sein; auf einmal waren auch die Vögel wieder zu sehen und zu hören. Dennoch war alles anders als sonst, als Barbara und Wolf am Küstensaum südwärts streunten – das leise und vertraute Schmatzen der Wellen fehlte, die Seegrasbüschel auf den kleinen Dünen regten sich nicht, und die kurzen, überfallartigen Windstöße hatten vor einer geraumen Weile endgültig ausgesetzt.

Da fiel Wolf, als er mit einem Sprung über eine wilde Musazeenstaude setzte und Barbara lachend zurief: »Fang mich«, ein Gegenstand aus der Hemdtasche in den Sand. Barbara, zehn Schritte hinter ihm, beugte sich, angekommen, sofort hinab. Und noch ehe Wolf zurück war, hatte sie einen Blick auf das durch den Fall geöffnete weiche Tuch geworfen, das sie in den Händen hielt. Als Wolf atemlos bei ihr ankam, blickte sie ihm mit leuchtenden Augen entgegen, wie er es noch niemals gesehen hatte. Er blieb mit einem Ruck stehen. »Eine Muschel«, stieß er zitternd hervor, »ach, nur eine Muschel«, rief er heiser, »gib sie sofort her, Barbara!«, rief er außer sich. »Eine Muschel«, flüsterte Barbara und betrachtete das mattgelbe, in die Falten des Tuches gebettete Muschelgehäuse, »eine Muschel wie ein menschliches Herz, wie dein und mein Herz«, sagte sie. »Nein!«, schrie Wolf und zitterte am ganzen Körper, »nein!« und riss der Frau, die mit entsetztem Gesicht vor ihm stand, das Tuch mit der Muschel aus der Hand, indem er sie mit einer so wilden Kraft am Arm packte, dass sie vor Schmerzen kreidebleich wurde. Doch gleichzeitig warf er sich vor ihr auf die Knie, barg sein Gesicht in ihrem Schoß und stöhnte unaufhörlich: »Bitte, bitte, vergib mir, vergib mir.«

Dies ist das letzte Bild, das von Barbara und Wolf in diesem Leben überliefert wurde.

Am nächsten Tag gab der Fischer Gorun der Polizei zu Protokoll: Er habe aus etwa hundert Schritt

Entfernung von seinem Boot aus den vor der Frau knienden Mann gesehen. Der Mann, sagte der Fischer, habe die Arme um die Frau geschlungen gehalten, und diese habe ihm mit beiden Händen langsam über den Kopf gestrichen. Ihn sozusagen gestreichelt, sagte der Fischer Gorun. Ruhig und ohne Hast habe sie es getan, sagte er, während der unglückliche Mensch in einem fort diese schauerlichen Laute von sich gegeben habe. Ja, und danach sei das Paar Hand in Hand unter der Steilküste südwärts gegangen. Kaum noch zu erkennen im sinkenden Abend, sagte der Fischer Gorun.

In der Nacht darauf brach der Sturm los – eine jener Entladungen, die diesem Meer den Namen gaben. Die Brandungswellen dröhnten in den späten Nachtstunden über das Ufer, dass der Schall davon wie ein hohl an- und abschwellender Laut im Innern des Landes zu hören war – als stünden Herden gewaltiger Urtiere vor den Toren des Landes und begehrten Einlass. Der Wind peitschte vom Osten über das Wasser heran. Die jungen Akazienbäume, die Holundersträucher bogen sich unter den Schlägen der Sturmböen, als suchten sie Schutz in der Nähe der Erde. Das Dröhnen dauerte ohne Unterlass die ganze Nacht. Im Morgengrauen kochte und toste die See, so weit der Blick reichte. Die Kämme der haushohen Brandungswogen schäumten in einem schwefligen Braun. –

Jeanette hatte die Polizei schon vor Mitternacht verständigen lassen; Barbara und Wolf, um diese Tageszeit sonst längst im Hotel, waren nicht zurückgekehrt. Nein, solange der Sturm anhielt, sagte der Leiter der Dienststelle, sei die Suche zwecklos, sogar gefährlich.

Aber gegen sechs Uhr früh hatte sich der Fischer Gorun bei der Polizeidienststelle gemeldet und umständlich mitgeteilt, dass er unterwegs zu seinem kleinen Feldstück, woher er einige selbsthergestellte Lehmziegel für den schadhaften Backofen habe holen wollen, auf zwei Tote gestoßen sei, eine Frau und einen Mann. Sie lägen, hatte er berichtet, im Gras unterhalb der Gleisböschung, und sie seien wahrscheinlich bei der Überquerung der Bahnschienen vom Bukarester Abendzug erfasst und hinabgeschleudert worden. »Wenn ich mich nicht täusche«, hatte Gorun zu dem jungen Polizeikommissar gesagt, »habe ich die beiden schon gestern Abend vom Boot aus gesehen. Sie standen dicht am Ufer. Der Mann kniete vor der Frau.« Im Polizeibericht hieß es später, das Paar, vermutlich an der Küste vom Sturm überrascht, habe sich landeinwärts begeben, um auf diesem Weg zum Hotel zu gelangen.

Als Jeanette, vom Polizeiwagen abgeholt, an der Unfallstelle eintraf, war sie bestürzt über die geringfügig erscheinenden Verletzungen der beiden Toten. Barbaras zerschmetterter Hinterschädel lag auf Wolfs eigenartig verdrehtem, ausgestrecktem rech-

171

tem Arm; ihr volles, schönes Haar bedeckte fast die ganze Gesichtshälfte. Wolfs linke Schläfe war eingedrückt und stark blutverschmiert; seine Augen waren weit geöffnet. Die beiden hatten einander die Gesichter zugekehrt.

Außer dem Polizeikommissar und einem Wachtmeister, dem Fischer Gorun, Jeanette und einem unrasierten und wenig geeigneten Hoteldolmetscher befand sich noch ein schlankes, hellblondes Mädchen an dem Ort. Es war soeben vom nahegelegenen Bahnhof her über das Gleis gekommen, Jeanette hatte die Gestalt von weitem vor den tief über das Land fliegenden Wolken gesehen – die von den Sturmböen immer wieder zur Seite gerissenen hellen Haare und die geöffnete Wolljacke. Mon Dieu, hatte sie gedacht, der Sturm verschlingt das zierliche Menschenkind. Doch unbeirrt hatte sich das Mädchen auf dem Gleisdamm genähert. Über ihnen angekommen, hatte es eine Zeit lang oben im jagenden Wind gestanden, beide Hände vor das Gesicht gepresst, ehe es ohne Rücksicht auf seine weißen Sommerschuhe durch das nasse Gras und die lehmige Erde herabgestiegen war. »Ich kenne beide«, hatte es nach einiger Zeit mit blutleerem, übernächtigtem Gesicht leise zu dem Kommissar gesagt und sich, als es Jeanette französisch sprechen hörte, an diese gewendet. »Madame«, hatte es gesagt, »c'est la mère et son fils, es ist die Mutter und ihr Sohn. Es kann nicht anders sein, nein. Ich

habe in den letzten Tagen viel darüber nachgedacht.«

Jeanette war weiß geworden. Sie starrte das Mädchen an und griff mit plötzlich flatternden Händen
nach ihrer Handtasche, aus der sie eine Zigarette
hervorholte. Es gelang ihr nicht, sie anzuzünden, so
dass sich der Kommissar aufgefordert fühlte, ihr mit
einem Streichholz zwischen den hohlen Händen
Feuer zu geben. »Je m'appelle Claudia«, »Ich heiße
Claudia«, sagte die Siebzehnjährige und lehnte mit
einem Kopfschütteln die Zigarette ab, die Jeanette
ihr anbot. Dann ging sie zu den Toten hinüber und
kauerte sich, ohne dass die Polizisten Einspruch
erhoben, zu Wolf nieder. Aus dessen linker, halb
geöffneter Hand las sie, Stück für Stück, die vielen
winzig kleinen Scherben der Muschel auf, die sie
ihm vor zehn Tagen geschenkt hatte. Ihr Körper
begann dabei immer heftiger zu zucken. »Dein
armes Venusherz«, flüsterte sie, indessen ihr die Tränen auf den Arm und auf Wolfs Gesicht rannen.
Die Muschelscherben in der Hand, unfähig, sich
länger zu beherrschen, richtete sie sich auf und fiel
Jeanette mit einem Schrei aufschluchzend an die
Brust. Im Gestänge des Signalmastes über ihnen
heulte der vom Meer herüberpeitschende Wind.
Der junge Kommissar war blass, sprach halblaut mit
dem Wachtmeister und nickte einige Male; der
Fischer Gorun schnäuzte sich zwischen Daumen
und Zeigefinger und wischte sich die Hand an der

Hose ab. Der Dolmetscher war ein paar Schritte nach hinten getreten und kämmte sich.

Der Polizeibericht, knapp und ohne Umschweife, liest sich wie ein Report über eine eingeschlagene Fensterscheibe. Er enthält nichts darüber, dass hier eine Mutter und ihr Kind ums Leben gekommen waren, dass die einst im Kohlenrevier am Donez bei einem Grubeneinsturz verschüttete junge Frau nicht gestorben, sondern, entgegen den Gerüchten, lebend geborgen worden war, durch eine Gehirnquetschung aber das Gedächtnis verloren hatte – Grund genug für die Lagerleitung, die Arbeitsunfähige mit einem Krankentransport über Kiew in Richtung Frankfurt an der Oder nach Westen zu schicken.

In dem schnörkellosen Bericht ist auch kein Wort darüber zu lesen, dass die Frau noch Monate nach dem Unglück auf alle an sie gerichteten Fragen immer nur einen Satz, einen einzigen Satz geantwortet hatte: Sie müsse in die Ardennen nach Belgien fahren, sie müsse ihren Mann und ihr Söhnchen retten, es drohe ihnen Unheil. Auch nicht, dass sie – ohne Papiere, ohne Namen und Erinnerung – von Grenzpolizei- und sonstigen Beamten, bald achselzuckend, bald fluchend, immer weiter westwärts abgeschoben worden war, auf den Lippen nur den einen Satz. Bis sie sich eines Tags im Städtchen Dinant vor den Ausläufern der Ardennen eingefunden hatte, dort also, wo ehemals in einer letzten gespenstischen Schlacht die zweite deutsche

Panzerdivision und mit ihr der aus dem Mecklenburgischen stammende Hauptmann Wolfgang R. im Feuer des Feindes untergegangen war.

Nun, der Bericht sagt auch darüber nichts, dass die ein Jahr lang wie ein halbverhungertes Tier über die Grenzen hin- und hergejagte Kranke schließlich in dem Städtchen an der Maas von den Schwestern eines mildtätigen Ordens in Obhut genommen und bald darauf in eine nordfranzösische Stadt gebracht worden war, wo sie dank der aufopfernden Betreuung durch die Neurologin Dr. Jeanette de Gruppard so weit geheilt wurde, dass sie eines Tags als angemessen wiederhergestellt galt.

Ebenso wenig schließlich erwähnt der beispielhafte Polizeibericht, dass sich die Erinnerungslücke der Frau, in der sich als verschwommene Reste einzig ihr Mann, ihr Sohn und die Ardennen erhalten hatten, niemals wieder schloss. Und dass genau hier auch die Grenze der Nachforschungen der wohl immer ahnungsvollen, niemals jedoch zu einer letzten Gewissheit vorgestoßenen Ärztin lag, die übrigens im Laufe der Jahre eine enge Freundschaft mit der Kranken verband.

Der Polizeibericht ist, wie gesagt, mustergültig knapp, sachlich und ohne Umschweife.

Und daher war die Niederschrift dieser Chronik erforderlich.

*Ein Meisterwerk von vollendeter
Sprachkraft*

1940: Für den 15-jährigen Peter Hennerth schei-
nen die Kriegsereignisse in Europa weit entfernt.
Die Deutschen in Siebenbürgen leben seit Generationen Tür an Tür mit rumänischen, ungarischen
und jüdischen Nachbarn. Doch bald werden Peter
und seine Freunde von der Lawine erfasst, die die
Mächtigen in Berlin lostreten. Viele lassen sich be-
reitwillig einfangen, andere bleiben zurückhaltend
und verspotten den Übereifer ihrer Kameraden.
Peter wird zum Außenseiter abgestempelt und von
der Schule verwiesen, während sich seine ehemaligen Mitschüler scharenweise freiwillig zur Wehr-
macht melden. Aber das Blatt wendet sich …

Hans Bergel verwebt in seinem Epos die Schicksale
von Menschen aus Südosteuropa und stellt so die
Ereignisse der Kriegsjahre aus einem neuen Blick-
winkel dar – mit emotionaler Wucht, vielschichti-
gen Charakteren und exzellent recherchiert.

Hans Bergel
Die Wiederkehr der Wölfe

688 Seiten, ISBN 978-3-7844-3052-2

Langen*Müller*   www.langen-mueller-verlag.de